ÉDIPO REI
OU
ÉDIPO EM TEBAS

COLEÇÃO CLÁSSICOS COMENTADOS
*Dirigida por João Angelo Oliva Neto
José de Paula Ramos Jr.*

Editor
Plinio Martins Filho

Editor
Marcelo Azevedo

PLANO DESTA OBRA
I. *Ájax*
II. *As Traquínias*
III. *Antígona*
IV. *Édipo Rei*
V. *Electra*
VI. *Filoctetes*
VII. *Édipo em Colono*

CONSELHO EDITORIAL

Beatriz Mugayar Kühl – Gustavo Piqueira
João Ângelo Oliva Neto – José de Paula Ramos Jr.
Leopoldo Bernucci – Lincoln Secco – Luís Bueno
Luiz Tatit – Marcelino Freire – Marco Lucchesi
Marcus Vinicius Mazzari – Marisa Midori Deaecto
Miguel Sanches Neto – Paulo Franchetti – Solange Fiúza
Vagner Camilo – Wander Melo Miranda

Sófocles

ÉDIPO REI
ou
ÉDIPO EM TEBAS

Tragédias Completas

Tradução
Jaa Torrano

Estudos
Beatriz de Paoli
Jaa Torrano

Edição Bilíngue

Copyright © 2022 Jaa Torrano

Direitos reservados e protegidos pela Lei 9.610 de 19.02.1998.
É proibida a reprodução total ou parcial sem autorização,
por escrito, das editoras.

Dados Internacionais de Catalogação na Publicação (CIP)
(Câmara Brasileira do Livro, SP, Brasil)

Sófocles
   Édipo Rei ou Édipo em Tebas: Tragédias Completas / Sófocles; tradução Jaa Torrano; estudos Beatriz de Paoli, Jaa Torrano. – Cotia, SP: Ateliê Editorial; Araçoiaba da Serra, SP: Editora Mnēma, 2022. – (Coleção Clássicos Comentados /dirigida por João Angelo Oliva Neto, José de Paula Ramos Jr.)

   Edição Bilíngue: Português/Grego.

   ISBN 978-65-5580-086-9 (Ateliê Editorial)
   ISBN 978-65-85066-01-3 (Editora Mnēma)

   1. Sófocles, apr. 496-406 A.C. Édipo Rei 2. Teatro grego (Tragédia) I. Torrano, Jaa. II. Paoli, Beatriz de. III. Oliva Neto, João Angelo IV. Ramos Jr., José de Paula. V. Título VI. Título: Édipo em Tebas. VII. Série.

22-128230   CDD-882

Índices para catálogo sistemático:

1. Teatro: Tragédia: Literatura grega antiga   882

Cibele Maria Dias – Bibliotecária – CRB-8/9427

Direitos reservados a

ATELIÊ EDITORIAL
Estrada da Aldeia de Carapicuíba, 897
06709-300 – Cotia – SP – Brasil
Tel.: (11) 4702-5915
www.atelie.com.br
contato@atelie.com.br
facebook.com/atelieeditorial
blog.atelie.com.br

EDITORA MNĒMA
Alameda Antares, 45
Condomínio Lago Azul
18190-000 – Araçoiaba da Serra – SP
Tel.: (15) 3297-7249 | 99773-0927
www.editoramnema.com.br

Printed in Brazil 2022
Foi feito o depósito legal

Agradecimentos

*Ao CNPq
pela bolsa Pq
cujo projeto incluía
este estudo e tradução.*

Sumário

A Cratofania do Deus Apolo – *Jaa Torrano* 11

Tríplices Caminhos, Múltiplos Oráculos – *Beatriz de Paoli* 23

ΟΙΔΙΠΟΥΣ ΤΥΡΑΝΝΟΣ / ÉDIPO REI OU ÉDIPO EM TEBAS

Personagens do Drama 35

Prólogo (1-150) 37

Párodo (151-215) 51

Primeiro Episódio (216-462) 55

Primeiro Estásimo (463-511) 79

Segundo Episódio (513-862) 83

Segundo Estásimo (863-910) 121

Terceiro Episódio (911-1085) 125

Terceiro Estásimo (1086-1109) 149

Quarto Episódio (1110-1185) 151

Quarto Estásimo (1186-1222) 163

Êxodo (1223-1530) 167

GLOSSÁRIO MITOLÓGICO DE *ÉDIPO REI* OU *ÉDIPO EM TEBAS*:
ANTROPÔNIMOS, TEÔNIMOS E TOPÔNIMOS – *Beatriz de Paoli
e Jaa Torrano*... 193
REFERÊNCIAS BIBLIOGRÁFICAS................................. 199

A Cratofania do Deus Apolo

Jaa Torrano

A TRAGÉDIA GREGA, que floresceu no período clássico, herdou do precedente período arcaico o repertório de imagens e de narrativas próprio do pensamento mítico documentado nos poemas homéricos e hesiódicos e, indissociáveis desse repertório, alguns componentes estruturais, que se podem observar tanto nos poemas épicos quanto nos dramas trágicos. Para verificarmos se e como esses componentes nos abrem uma via para a compreensão do sentido originário das tragédias *Édipo Rei*, ou *Édipo em Tebas*, e *Édipo em Colono*, de Sófocles, comecemos por indicar e descrever quais são eles e quais os seus traços mais característicos.

A noção mítica de Deuses indica os aspectos fundamentais do mundo, e há uma interdependência entre a autorrepresentação do homem homérico e a noção mítica de Deuses, de modo que não é possível compreender autenticamente uma sem a outra. A autorrepresentação do homem homérico pressupõe sua integração com a noção mítica de Deuses e, portanto, a interlocução e interação dos mortais com os Deuses como condição de existência dos mortais.

Através das aparências do mundo, os Deuses interpelam os mortais, dialogam e interagem com os mortais. Nos poemas homéricos, há heróis que, interpelados por um Deus, imediatamente o reconhecem e acolhem as instruções do Deus; outros heróis, interpelados por um dos Deuses sob a aparência de algum mortal, tratam o Deus como o aparente mortal e somente o reconhecem quando o Deus se despede; outros ainda há que não o reconhecem em momento algum. O reconhecimento imediato do Deus pelo herói implica o claro entendimento pelo herói da situação em que se encontra. O não reconhecimento do Deus pelo mortal pode implicar para o mortal o desentendimento desastroso de sua própria situação, ou não implicar maiores consequências, dependendo da intenção com que o Deus se manifesta.

Um termo já presente nos poemas homéricos e que ganha relevância nas tragédias é a palavra *Daímon*, que pode designar qualquer um dos Deuses, celestes ou ctônios, sempre sob o ponto de vista da intervenção do Deus no curso dos acontecimentos, ou da relação desse Deus com a situação particular. Dada a importância dessa noção, traduzo sistematicamente *Daímon* por "Nume", e o adjetivo *daimónios* por "numinoso".

Há uma hierarquia entre as instâncias de participação no ser, às quais correspondem diversos graus de participação no conhecimento e na verdade. Os *Theoí* ("Deuses") são os aspectos fundamentais do mundo, e os mortais em quaisquer circunstâncias se encontram sempre no âmbito deste ou daquele Deus, sendo os *Daímones* ("Numes") as referências divinas a destinos particulares. Interpelados por algum Deus os mortais têm acesso a um âmbito privilegiado de ser e de conhecimento. Sem essa interpelação, os mortais têm um destino comum dos mortais e o conhecimento dos Deuses veiculado pela tradição.

Esses componentes estruturais poderiam nos dar acesso ao sentido originário da tragédia, se nos guiássemos por suas referências em nossa leitura do drama trágico. Procederemos assim neste nosso estudo das tragédias *Édipo* de Sófocles.

No prólogo de *Édipo Rei*, ou *Édipo em Tebas*, a apresentação magnificente do rei Édipo contrasta com a situação lúgubre da cidade. O ancião sacerdote de Zeus, em nome dos suplicantes coroados de ramagens, demanda ao rei um abrigo contra a peste que devasta e esteriliza a cidade. Outrora o rei graças ao seu próprio tino salvara a cidade do flagelo da Esfinge, e considerado por todos "o primeiro varão nas junções da vida / e no trato com os Numes" (*E.R.* 33-34) agora é instado pelo sacerdote a salvá-la de novo.

A magnificência do rei é um traço de sua participação no Deus Apolo, cuja presença transparece na perícia com que outrora o rei salvou a cidade e em consequência dessa salvação na gratidão e confiança sem igual suscitada por ele nos cidadãos. Por outro lado, a presença de Apolo transparece também na misteriosa peste, que produz as inúmeras mortes na cidade e ataca as próprias fontes da vida "nos cálices frutíferos do solo", "no gado campeiro e nos partos / sem filho das mulheres" (*E.R.* 25-26).

A presença do Deus adivinho reverbera despercebida nas palavras do rei, nas quais se sobrepõem um sentido imediato referente ao presente e à figura magnífica do rei diligente e um sentido por ora ignorado referente ao porvir e à figura de execrável transmissor de poluência e peste, quando o rei diz:

> não há entre vós quem sofra como eu.
> A vossa dor vai para cada um somente
> por si e por ninguém mais, mas minha
> alma geme pela urbe, por mim e por ti. (*E.R.* 61-64)

A presença do Deus se enuncia no reconhecimento da necessidade de consultar o oráculo délfico a respeito da peste (*E.R.* 68-73), na expectativa da resposta a essa consulta (*E.R.* 73-92) e na atitude do rei ao concitar o portador à revelação da resposta divina no espaço público, perante todos (*E.R.* 93).

Creonte anuncia que Febo exorta os tebanos "a banir a poluência que se nutriu / neste solo e não a nutrir incurável" (*E.R.* 97-98). Indagado por Édipo, Creonte explica que a poluência manifestada na peste provém da impunidade do matador do antigo rei Laio, morto em viagem para consultar o oráculo délfico; do massacre houve um sobrevivente, mas não se investigou nem se puniu a morte do rei porque nessa época os tebanos voltaram todos os seus cuidados para o surgimento da terrível Esfinge cantora de enigmas. O relato desse antigo regicídio suscita em Édipo a suspeita de uma conspiração tramada e financiada em Tebas, mas a menção à Esfinge aparentemente dissipa a suspeita, e o rei declara o seu empenho em desvendar o crime, tanto a serviço do Deus e de seu oráculo quanto em benefício de si mesmo e da cidade devastada pela peste (*E.R.* 131-138).

A ironia do Deus se insinua na latente duplicidade da fala do rei, com um sentido manifesto referente ao presente e com um sentido ignorado referente ao porvir: "qualquer que fosse o matador, talvez / quisesse com a mesma mão me agredir." (*E.R.* 139-140). O rei manda reunir na praça (isto é, na orquestra) o povo de Tebas (representado pelo coro) para que possa manifestar publicamente o seu compromisso e empenho em servir o oráculo do Deus. O Deus Febo é invocado na prece final do sacerdote de Zeus, que será atendida (*E.R.* 149-150).

No párodo, em atendimento à convocação geral do rei, o coro se apresenta inquieto e ansioso a respeito da revelação do oráculo. Na primeira estrofe, indagam-se que novas cobranças ou reiteradas o Deus de Delfos lhe faria. Na primeira antístrofe, invoca-se a tríade Atena, Ártemis e Febo, que outrora já defenderam a urbe, para que outra vez a defendam. No segundo par de estrofe e antístrofe, descreve-se o caráter numinoso da peste, que adoece a tropa, impossibilita de se defender, esteriliza o solo, esteriliza as mulheres e inunda a urbe de mortes, prantos e dores, e por fim se invoca "áurea filha de Zeus" (*E.R.* 188-189), cuja polissemia abrange tanto as já invocadas Atena e Ártemis quanto o próprio oráculo, antes descrito como "dulcíssona voz de Zeus" (*E.R.* 151). Na terceira e última estrofe, a peste é vista como a presença de Ares, o Deus que se manifesta em carnificinas, a quem então se exorta que se afaste para os extremos confins, para o "tálamo de Anfitrite", identificável com o Oceano Atlântico, ou para os "portos da Trácia", no Mar Negro; e invoca-se Zeus pai para que fulmine Ares com o raio. Na terceira e última antístrofe, invoca-se contra a peste uma nova tríade de defensores: Apolo, com o arco, Ártemis, com as tochas, e o tebano Baco, com os archotes, contra Ares, "o Deus sem honra dos Deuses" (*E.R.* 215).

No primeiro episódio, a primeira cena se abre com a proclamação do decreto real consequente do recém-recebido oráculo de Delfos. O rei conclama que o matador de Laio se apresente por si mesmo ou seja denunciado por outrem, pois sua única pena será partir incólume de Tebas para o exílio, e quem o denunciar terá a gratidão e prêmio do rei. Mas, caso não se descubra nem se apresente para ser banido, o rei proíbe todos os tebanos de terem todo e qualquer contato com ele, e acrescenta a imprecação: "que sem bens mau passe a vida mal!" (*E.R.* 248); no entanto, em seu afã de universalizar a justiça, o rei se inclui a si mesmo nessa imprecação: "impreco que se fosse em minha casa / conviva de lareira com minha ciência, / eu sofra as pragas que lancei há pouco" (*E.R.* 249-251).

A pena de exílio, a interdição de contato e a imprecação universal são consequências de como o rei compreende o caráter da "poluência", que em grego se diz *míasma* (*E.R.* 242) e *ágos* (*E.R.* 1426). O *míasma*, cuja manifestação mais evidente é a peste que devasta a pólis, surge pelo contato de coisas que em si mesmas são puras, mas cujo contato é interdito, pois esse contato é que produz o *míasma*. A causa da "poluência" é o regicídio, e o contato com o – despercebido, desconhecido e ignorado – regicida contamina a cidade e suscita o terrível distúrbio que atinge as fontes mesmas da vida, trazendo a peste mortífera e a tríplice esterilidade do solo, dos rebanhos e das mulheres (*E.R.* 24-26).

Por ironia do Nume, o rei ignora a excessiva verdade de suas próprias palavras quando sobre o antigo rei morto diz que tem "o poder que antes ele teve" e "o leito e a mulher co-semeada / e comuns filhos em comum" (*E.R.* 259-261) e que se empenhará em descobrir e punir o regicida "qual por meu pai" (*E.R.* 264).

A segunda cena do primeiro episódio se abre com a reverente saudação do rei Édipo ao adivinho Tirésias, mas essa reverência do rei ao adivinho assinala a irrupção do tenso contraste entre o ponto de vista heroico manifesto no rei e o ponto de vista numinoso manifesto no adivinho. Já na saudação do rei, a celebração do saber universal do adivinho e a súplica por sua palavra salvadora de todos contrastam com a surpreendente resposta do adivinho deplorando o caráter terrível e descabido do saber imprestável.

O adivinho se recusa a revelar a sua numinosa verdade, o rei obstinado encontra o caminho para coagi-lo a revelá-la, ainda que a verdade numinosa do adivinho permaneça inacessível ao ponto de vista heroico do rei. Diante da irredutível recusa do adivinho a revelar a palavra salvadora, o rei identifica a negação de salvação à causa da ruína e acusa o adivinho de ser o regicida e por conseguinte a causa da ruína da pólis. Essa acusação frontal do rei obriga o adivinho a contra-atacar e revelar que o investigado regicida é o próprio rei investigativo, mas essa revelação do adivinho não faz sentido para o rei senão como um insulto e como uma prova de que o adivinho conspira contra o rei investigativo.

Como ambas as consultas, primeiro ao oráculo de Delfos para descobrir a causa da peste e depois ao adivinho para descobrir o regicida, tiveram a iniciativa e a participação de Creonte, irmão da rainha e cunhado do rei, o rei acusa Creonte de conspirar com o adivinho por ganância de poder. Mas a lógica coerente e consequente da preservação do poder impede o rei de compreender a palavra que se espera salvadora vinda do adivinho, pois essa verdade ao aparecer nas palavras do adivinho parece mostrar-se terrivelmente ruinosa e, portanto, suspeita de conspiração pelo poder.

No primeiro estásimo, o coro reflete nas implicações desse confronto entre o rei e o adivinho. No primeiro par de estrofe e antístrofe, indaga-se a identidade do facínora denunciado pelo fatídico oráculo e perseguido por Apolo e pelas Deusas Cisões (*Kêres*, E.R. 472), e imaginam-se a fuga e a tentativa de ocultar-se tão urgentes, alongadas e prolongadas quanto inúteis. Na segunda e última estrofe, avalia-se a terrível e irresoluta perturbação provocada pelas palavras do sábio adivinho como sem respaldo de nenhum indício de rixa entre Édipo e o antigo rei Laio nem respaldo de nenhuma prova contra a insuspeita reputação de Édipo. Na segunda e última antístrofe, considera-se a sabedoria de Zeus e Apolo sobre os seres mortais além do alcance dos mortais, o que torna incerta a supremacia de algum mortal sobre outros em questão de vaticínios, quando é certa e comprovada a salvação da pólis pela vitória de Édipo sobre a Esfinge.

No segundo episódio, a primeira cena mostra o embate entre Creonte e Édipo. Para Édipo, a única explicação possível para o adivinho agora o acusar da morte de Laio, mas quando a Esfinge atacava a cidade não o ter mencionado, é o suborno de adivinho cúpido e venal por Creonte com vistas a tomar o trono. Creonte se defende com o raciocínio por verossimilhança: se já exerce o poder sem preocupações como o terceiro na realeza, por que desejaria exercê-lo sob o peso das preocupações?

A segunda cena do segundo episódio traz Jocasta como árbitro da rixa (*neîkos*, E.R. 633). Perante Jocasta e o coro, Creonte responde à acusação de Édipo com a imprecação de que "morra se te fiz algo do que me acusas" (E.R. 645), o que a Jocasta e ao coro soa como garantia inquestionável de inocência. Por intercessão de Jocasta e do coro, Édipo isenta Creonte da acusação, mas considera que nesse caso deve acatar a palavra do adivinho e condenar-se a si mesmo.

Reiterando a conclusão a que chegara o coro em sua reflexão sobre esse caso (cf. E.R. 498-512), Jocasta, para absolver Édipo de compromisso com o adivinho, lhe ensina que "não há / mortal dotado de arte divinatória" (E.R. 708-709) e, para demonstrar a verdade dessa doutrina, relata o oráculo recebido por Laio ("não direi / de Febo mesmo, mas dos servos" E.R. 711-712) sobre sua morte por seu próprio filho e o que aconteceu a ele e ao filho: Laio foi morto por "ladrões forasteiros / em tríplices caminhos" (E.R. 715-716) e o filho com três dias foi jungido "pelas juntas dos pés" e exposto "em ínvio monte" (E.R. 718-719).

Por ironia da sorte, a revelação de Jocasta surte efeito contrário à sua intenção: ao ouvir que Laio foi abatido "nos tríplices caminhos", Édipo é perturbado por forte comoção e quer saber onde se deu o fato, há quanto tempo, qual a aparência de Laio, se ia com pequena escolta ou grande séquito e, cada vez mais assustado a cada resposta a suas questões, por fim quer ver o servo sobrevivente do massacre e autor do relato. Édipo conta então a Jocasta a sua própria história: filho de Pólibo e Mérope, reis de Corinto, ouve de um conviva embriagado que é filho adotivo, os pais aflitos repreendem o indiscreto, mas Édipo inconformado decide à revelia dos pais consultar o oráculo de Delfos. O oráculo ignora sua consulta e despede-o com a horrenda revelação de que ele mataria o pai, se uniria à mãe e geraria nefanda prole. Ao ouvir isso, Édipo decide banir-se de sua pátria Corinto e ao chegar a tríplice caminho teve com transeuntes arrogantes um entrevero que resultou na morte de seus agressores. Por isso agora teme ter incorrido em sua própria imprecação, descobrindo-se maligno e impuro, banido e sem poder retornar à pátria Corinto por temor ao oráculo. Resta a Édipo uma só esperança: se o relato do servo sobrevivente confirmar o de Jocasta, de que Laio foi morto por ladrões, não teria sido ele, "pois um não seria igual a muitos" (E.R. 845).

No segundo estásimo, a primeira estrofe é a prece por participar, mediante venerável pureza de palavras e atos, nas altas leis geradas no fulgor do céu por único pai – o Olimpo –, não pela natureza mortal dos varões, nem sujeitas a esquecimento, nas quais grande Deus não envelhece. A prece formula não só o voto, mas a convicção de participar por atos e palavras em leis cuja essência é divina e irrevogável. A primeira antístrofe condena a "soberba" (*hýbris*, E.R. 873) associada à ganância desmedida e à consequente ruína, e pede que Deus se mantenha defensor e patrono da pólis. A segunda e última estrofe reitera a condenação da *hýbris* descrita como atos de injustiça e de impiedade, reitera a inevitabilidade de sua punição, e sugere que a celebração de coros seja incompatível com honrar práticas injustas e ímpias de *hýbris*. A segunda e última antístrofe declara a impunidade de tais práticas injustas e ímpias incompatível com a visita reverente a santuários e oráculos, e invoca Zeus soberano supremo com a prece de que não as tolere, mas conclui com a constatação de que os "vaticínios de Laio" se perdem, não se veem honras a Apolo, "e as divindades se esvaem" (*érrei dè tà theía*, E.R. 910).

No terceiro episódio, a ironia do Nume move e comove os mortais, cuja espontaneidade, esperanças e temores atendem aos desígnios do

Nume. Estando Édipo perturbado pela menção ao tríplice caminho, Jocasta se propõe fazer prece e oferendas a Apolo Lício, pedindo uma solução favorável. Chega então o mensageiro de Corinto, portador de notícia que na sua expectativa talvez possa agradar (Édipo aclamado soberano de Corinto), talvez afligir (a morte de Pólibo). No entanto, a notícia suposta afligente traz alívio e libertação de temor a Jocasta e a Édipo, e a notícia supostamente agradável traz temor a Édipo. Para livrar Édipo do temor de que a parte materna do seu oráculo délfico pudesse cumprir-se caso aceitasse o trono de Corinto, o mensageiro coríntio revela que Édipo não era filho de Pólibo e Mérope, mas por esse mesmo mensageiro lhes foi entregue recém-nascido e com as pontas dos pés transpassadas, sendo adotado e criado para suprir a falta de filho dos reis coríntios. Recebeu-o de outrem ou achou? Recebeu-o de outro pastor, servo da Casa de Laio. Neste ponto, Édipo se interessa vivamente por ver e interrogar esse antigo pastor de Laio, identificado como o sobrevivente do massacre. Jocasta com reiteradas súplicas tenta dissuadir Édipo desse propósito. Édipo entende esse empenho da mulher em impedi-lo de investigar sua obscura origem como soberba aristocrática e declara considerar-se "filho da Sorte, / da boa doadora" (*E.R.* 1080-1081).

No terceiro estásimo, o coro se empolga com essa declaração de Édipo sobre si mesmo como "filho da Sorte", e na estrofe enaltece a possibilidade de que Citéron seja celebrado como "pátria nutriz e mãe de Édipo" (*E.R.* 1091-1092), e na antístrofe indaga-se que Ninfa e que Deus unidos na solidão silvestre do Citéron geraram Édipo, se o Deus teria sido o montívago pai Pã, ou o Lóxias Apolo, ou Hermes (não nomeado, mencionado "o senhor de Cilene", *E.R.* 1104), ou o Deus Báquio.

No quarto episódio, Édipo com o auxílio do coro e do mensageiro coríntio identifica o ancião recém-chegado como o pastor de quem falavam, e então Édipo interroga o pastor mesmo sobre sua identidade como servo de Laio, depois sobre suas atividades e lugares habituais, e por fim se reconhecia o ancião originário de Corinto. O interrogado se refugia na inércia das fímbrias da memória, mas o mensageiro coríntio, ávido de conquistar as graças do novo rei de Corinto, açoda-se em lhe reativar a memória. Sob ameaça de tortura e de morte, o antigo servo de Laio se vê coagido a completar a narrativa do mensageiro coríntio, confirmando que outrora recebera o dito filho de Laio das mãos da mulher de Édipo temerosa de oráculo fatídico para que suprimisse a criança, mas condoído a entregou ao pastor coríntio por crer que a levaria para outra terra, e conclui: "se és / quem ele diz, sabe que nasceste infeliz" (*E.R.* 1180-1181). Édipo então se deplora: "ó luz, por última vez agora te visse" (*E.R.* 1183). Na tradição poética grega desde Homero, "ver a luz" significa "viver" e esse voto de Édipo significaria desejo de morrer, mas terá outro sentido.

No quarto estásimo, na primeira estrofe, o coro, refletindo na magnificência e abrupta queda do rei Édipo, constata a ilusória nulidade da vida dos mortais e, na primeira antístrofe, invoca os diversos aspectos de perícia, poder, riqueza e salvação que constituíram a soberania de Édipo em Tebas, para confrontá-los, na segunda e última estrofe, com a selvagem erronia que mudou a vida em males, descrevendo o incesto com a imagem náutica do grande porto que abrigou pai e filho e com a imagem agrícola dos sulcos lavrados por pai e filho. Na segunda e última antístrofe, o coro atribui ao tempo onividente a descoberta e julgamento das "inuptas núpcias" (*ágamon gámon, E.R.* 1214) como se o tempo onividente as tivesse descoberto e julgado à revelia de Édipo, ainda que estas somente tivessem sido descobertas e julgadas por iniciativa, impulso e empenho de Édipo, sobrepondo-se assim duas perspectivas em que o mortal é visto ora como títere ora como senhor de seu próprio destino. Nessa mesma perspectiva dúplice e ambígua, o coro formula tanto o impossível voto de nunca ter visto Édipo quanto a reconhecida gratidão a Édipo pela vida e pela paz descritas como respiração e repouso.

No êxodo, amplia-se a perspectiva dúplice e ambígua em que o ponto de vista numinoso do Deus imortal e o ponto de vista heroico do homem mortal se confundem e se distinguem de modo que Édipo se mostre ao mesmo tempo, mas sob aspectos diversos, tanto títere quanto senhor de seu próprio destino.

O mensageiro tebano relata o que se deu no interior do palácio: o desespero de Jocasta em seu leito nupcial, puxando os cabelos e chamando por Laio, a irrupção de Édipo transtornado, pedindo arma e perguntando por sua "esposa não esposa" (*gynaîka toû gynaîka*, E.R. 1256), o que parece sugerir a intenção de matá-la, acrescentando matricídio ao parricídio, e a misteriosa intervenção de um Nume, que guia Édipo e o leva a arrombar a porta do quarto, onde se encontrou Jocasta morta, pendente de um laço. O mensageiro enfatiza a intervenção do Nume (*E.R.* 1258) aparentemente para eximir-se a si e a seus pares de responsabilidade pelos horrores perpetrados e relatados, mas com isso aponta a explicação consensual que se pode aplicar a todas as coincidências aparentemente fortuitas que constituíram e determinaram os momentos decisivos da vida de Édipo: a salvação da morte ainda recém-nascido, a revelação da adoção por um conviva bêbado, a decisão de consultar o oráculo e de não retornar a Corinto após a consulta, o encontro fatídico nos tríplices caminhos, a vitória sobre a Esfinge e a sagração do rei, a nova consulta ao oráculo e o momento da chegada do mensageiro coríntio a Tebas. O mensageiro tebano conclui o relato com o voluntarioso cegamento de si mesmo por Édipo e seus voluntariosos brados e proclamações.

No diálogo, o coro e Édipo reconhecem o violento assalto do Nume a Édipo como integrante de sua "Parte de mau Nume" (*dysdaímoni moírai*, E.R. 1302), e Édipo, dando nome ao Nume, tanto atribui os seus males ao Deus Apolo quanto reivindica para si a autoria de seu cegamento (*E.R.* 1329-1332). A participação de Édipo em Apolo nesse momento horrendo é ressaltada por sua terrível determinação tanto em desvelar-se e expor-se quanto em cumprir a sentença de exílio que o oráculo impunha ao matador de Laio. Cabe ao novo rei Creonte arrostar e defrontar a obstinada têmpera de Édipo, impondo-lhe a espera e aceitação de nova consulta ao oráculo a seu respeito. O encontro de Édipo com suas filhas crianças expõe como a precariedade e fragilidade humanas coexistem com voluntariosa obstinação heroica.

Guiado por um Nume em todos os seus momentos decisivos, a vida numinosa de Édipo é uma cratofania do Deus Apolo, isto é, uma manifestação de poder do Deus Apolo, o que não exclui o horror, mas, acima e além da compreensão habitual dos mortais, o caráter numinoso da noção mítica de "Parte" confere inteligibilidade, senão justificativa e legitimação, a todos os atos nos quais o herói participou do Deus, por mais horrendos.

REFERÊNCIAS BIBLIOGRÁFICAS

BLUNDELL, Mary Whitlolock. *Helping Friends and Harming Enemies. A Study in Sophocles and Greek Ethics*. Cambridge, Cambridge University Press, 1989.

FERREIRA, Lúcia Rocha. *Édipo Rei. A Vontade Humana e os Desígnios Divinos na Tragédia de Sófocles*. Manaus, EDUA, 2007.

FINGLASS, P. J. *Sophocles*. Cambridge, Cambridge University Press, 2019.

JEBB, R. C. *Sophocles: Plays. Oedipus Coloneus*. London, Bristol Classical Press, 2004.

KNOX, Bernard M. W. *The Heroic Temper. Studies in Sophoclean Tragedy*. Berkeley, University of California, 1964.

MARSHALL, Francisco. *Édipo Tirano. A Tragédia do Saber*. Porto Alegre, Ed. Universidade, 2000.

REINHARDT, Karl. *Sófocles*. Tradução Oliver Tolle. Brasília, Editora UNB, 2007.

SEGAL, Charles. *Tragedy and Civilization. An Interpretation of Sophocles*. Norman, University of Oklahoma Press, 1981.

WINNINGTON-INGRAM, R. P. *Sophocles. An Interpretation*. Cambridge, Cambridge University Press, 1980.

[Versão anterior: "A Cratofania do Deus Apolo nas Tragédias *Édipo* de Sófocles" publicada em NEUMANN, Gerson Roberto; RICHTER, Cintea & DAUDT, Mariana Ilgenfritz. *Literatura Comparada: Ciências Humanas, Cultura, Tecnologia*. Porto Alegre, Bestiário / Class, 2021.]

Tríplices Caminhos, Múltiplos Oráculos

Beatriz de Paoli

EM *ÉDIPO REI* OU *ÉDIPO EM TEBAS*, o Coro de anciãos tebanos entra em cena, no párodo, desejoso de ouvir a resposta do oráculo que Creonte acaba de trazer de Delfos, onde fora consultar o Deus a respeito da peste que assola a cidade. O Coro, então, interpela a própria palavra oracular enquanto uma figuração do divino, diante da qual revela um temor reverente, receando o que essa lhe exigirá. Essa voz imorredoura é dita "Voz de Zeus" (*Diós pháti*, E.R. 151). Embora proveniente de Pito, isto é, Delfos, e, portanto, associada a Apolo, ela é, em última instância, a voz de Zeus, na medida em que Apolo é profeta de Zeus (cf. E. *Eu*. 19). O Coro atribui ainda uma genealogia a essa voz oracular, dizendo ser filha da áurea Esperança, visto que os homens consultam o oráculo na expectativa de salvação, o que, por sua vez, concede a essa voz a qualidade de "dulcíssona" (*haduepés*, E.R. 151).

A palavra oracular, tal como figura nesses versos, é, portanto, uma palavra divina, imortal, que o Coro interpela em seu canto, mas que, por sua vez, interpela o Coro, isto é, interpela o homem: "Que dívida nova / ou de novo me cobrarás?" (E.R. 155-6), pergunta o Coro. Há, portanto, a expressão de uma ambivalência: ao mesmo tempo em que essa voz oracular é doce, por trazer uma esperança de salvação para o flagelo que se abate sobre a cidade, pode criar uma demanda (*khréos*, E.R. 156), que é a contrapartida humana temida pelo Coro, uma demanda que não se extingue com o tempo – daí a imagem da dívida que pode ser nova ou pode ser cobrada após passado certo tempo, o que é, de fato, o que a voz oracular demanda: a expiação de um crime antigo.

Nos versos subsequentes, o Coro prossegue seu canto evocando Atena, Ártemis e Apolo e coloca, assim, numa relação de paralelismo, a palavra oracular e essas divindades, o que é um indício de que, para o homem grego antigo, a linguagem é tanto um aspecto fundamental do mundo quanto os Deuses o são.

Esses versos do Coro são, portanto, eloquentes no que concerne à relação do homem grego antigo com a linguagem, a qual, em seu aspecto divinatório, assume diferentes formas, muitas das quais se fazem presentes nesta tragédia: o oráculo (no sentido de resposta obtida de um templo oracular presidido por uma divindade), o enigma (no sentido de adivinha cuja solução ou cujas partes constituem sinais divinos), o vaticínio (no sentido de fala de um adivinho a serviço de um Deus), a maldição (no sentido de fala imprecatória cujo cumprimento é presidido pelas Deusas Erínies) e o *kledón* (no sentido de palavra em cuja ambiguidade de sentido reside um sinal divino).

Os oráculos são basilares em *Édipo Rei* ou *Édipo em Tebas*, tanto do ponto de vista de sua estrutura dramática quanto de seu sentido. Podem-se distinguir três oráculos, todos apolíneos, provenientes da sede oracular do Deus em Delfos, o de maior prestígio no século v a.C. Todos os três falam de um mesmo acontecimento por diferentes ângulos, com diferentes formulações e em diferentes momentos: do pai que será morto por um filho, do filho que matará o pai (e desposará a mãe, de quem gerará prole impura), e do *míasma* causado pela morte do pai às mãos do filho. Quando a ação trágica começa, dois desses oráculos já se realizaram e apenas um está prestes a se cumprir. No entanto, mais significativo do que o momento da realização do oráculo nesta tragédia é o momento do seu entendimento. O momento fulcral da tragédia, o da anagnórise – quando finalmente Édipo descobre quem é –, coincide com o momento da decifração dessa tríade oracular.

O primeiro oráculo pítio – nome dado em razão da serpente Pito, que Apolo matou quando tomou posse do oráculo e cuja façanha se encontra narrada na segunda parte do *Hino Homérico a Apolo* – é o entregue a Creonte, que, na condição de representante da cidade de Tebas, é enviado para consultar o Deus quanto ao que fazer, visto que uma terrível peste assola a cidade. Assim, no prólogo, Creonte entra em cena trazendo a resposta, "a voz do Deus" (*toû theoû phémen*, E.R. 86), e tem-se uma primeira formulação do oráculo. Creonte diz que Apolo ordena purgar a poluência (*míasma*) advinda da morte do antigo rei Laio com a punição pelo exílio ou pela morte do assassino. Por duas vezes, Creonte caracteriza o oráculo divino como um comando – Febo "exorta" (*ánogen*, E.R. 96), "ordena" (*epistéllei*, E.R. 106) – e o qualifica quanto à sua compreensibilidade – Febo exorta "às claras" (*emphanôs*, E.R. 96), ordena "claro" (*saphôs*, E.R. 106). A repetição enfatiza tanto o caráter admoestatório do oráculo quanto a sua inteligibilidade.

Antes, porém, da entrada em cena de Creonte e da revelação do oráculo, o sacerdote de Zeus, dirigindo-se a Édipo, estabelece uma analogia entre o infortúnio presente, a cidade tomada pela peste, e o infortúnio passado, quando a cidade se encontrava aterrorizada pela Esfinge (*E.R.* 35-45), de modo que, assim como Édipo reergueu a cidade outrora (*tót*, E.R. 52), ele possa fazer o mesmo agora (*tanŷn*, E.R. 53). A analogia pressupõe uma correspondência entre as circunstâncias, estabelecendo, dessa forma, uma equivalência entre estas: outrora (*tót*, E.R. 52), o flagelo imposto à cidade pela Esfinge; agora (*tanŷn*, E.R. 53), o flagelo imposto à cidade pela peste. Édipo salvou Tebas da Esfinge ao desvendar-lhe o enigma e, na intenção de salvá-la novamente, Édipo diz ter descoberto a cura para a situação: enviar Creonte para consultar o oráculo de Delfos, isto é, a cura para a situação é a resposta do oráculo.

A mesma analogia que o sacerdote de Zeus, no prólogo, estabelece entre o passado e o presente da cidade, reaparece, de forma menos explícita, no canto do Coro, quando, no párodo, em sua prece a Atena,

Ártemis e Apolo, pede que estes Deuses venham em auxílio "agora também" (*kaì nŷn*, E.R. 166) tal como vieram "outrora" (*póte*, E.R. 164). A analogia aparece ainda no embate entre Édipo e Tirésias no primeiro episódio. Entre as acusações que o filho de Laio dirige ao adivinho está a de este não ter salvado a cidade quando padecia da mortífera presença da Esfinge, por não ter sabido desvendar seu enigma, mesmo possuindo o dom da adivinhação. Desse modo, assim como o conhecimento divinatório de Tirésias fracassou outrora, do mesmo modo fracassa agora.

Assim, mediante essa analogia, é possível estabelecer uma relação de equivalência entre o enigma da Esfinge e o oráculo apolíneo. E, assim estabelecida, essa equivalência tanto empresta um caráter enigmático ao oráculo quanto empresta um aspecto oracular ao enigma da Esfinge. Não é difícil ver o que pode haver de enigmático no oráculo entregue a Creonte; embora reiteradamente dito "claro", o oráculo exorta a punição do assassino do antigo rei, mas não diz *quem* é o assassino. Aquilo que o oráculo não diz está relacionado à identidade do regicida. Esse é, portanto, o enigma: *quem*.

Trata-se de um oráculo que tem um precedente condicional para a sua realização. Creonte entra em cena com a cabeça coroada por uma guirlanda de louros, o que, de acordo com o sacerdote de Zeus, é indicativo de que traz notícia auspiciosa. De fato, trata-se de uma notícia auspiciosa, pois indica o fim da calamidade causada pela peste na cidade, *se* o precedente condicional for cumprido, isto é, se (*ei*, v. 308) o(s) assassino(s) do antigo rei for(em) banido(s) ou morto(s).

Não são incomuns oráculos que apresentam condições precedentes para que sejam realizados; assim, por exemplo, o adivinho Calcas proclama em *Ifigênia em Áulida*, de Eurípides, que o exército grego navegaria rumo a Troia e conquistaria a cidade se Ifigênia fosse sacrificada. Assim, se, por um lado, o vaticínio é auspicioso, pois é um prenúncio da vitória de gregos sobre troianos, por outro lado, há uma contrapartida amarga, que é a condição precedente a ser realizada: o sacrifício da jovem filha de Agamêmnon. Ora, o problema é que, no oráculo entregue a Creonte, a condição precedente impõe um enigma, o enigma do *quem*.

Se, portanto, é perceptível o caráter enigmático do oráculo entregue a Creonte, o que haveria de oracular no enigma da Esfinge? É fato que um dos tipos de respostas oraculares tradicionalmente atribuídos ao oráculo de Delfos é o enigma, isto é, há uma correlação natural entre o enigma e o oráculo. No entanto, o enigma da Esfinge não figura nesta tragédia. Por fontes indiretas, conhecemos a famosa adivinha:

É bípede sobre a terra e quadrúpede, cuja voz é a mesma,
e trípede, e muda sua natureza, único de quantos
caminham pela terra e existem no céu e no mar,
mas, quando anda apoiando-se em maior número de pés,
então a força de seus membros torna-se mais débil.

Mas, de fato, não há no texto sofocleano as palavras que compõem o enigma, o que equivale a dizer que o enigma é um enigma. O que sim aparece no texto de Sófocles é uma caracterização da Esfinge sob dois aspectos principais: sua aparência e sua atuação. Sua aparência possui um aspecto monstruoso, visto que é descrita com características humanas – ela é uma jovem virgem (*kóra*, E.R. 507; *parthénon*, E.R. 1199) e possui linguagem – e características animais – associada às aves ao ser dita "plumosa", ou "alada" (*pteróess'*, E.R. 507), e de "unhas curvas" (*gampsónyka*, E.R. 1199), e aos cães, ao ser dita "cadela". Sua atuação, por sua vez, se define pelo seu canto; ela é dita "dura cantora" (*sklerâs aoidoû*, E.R. 36), "multíssona" (*poikiloidós*, E.R. 130), "rapsodo" (*rhapsoidós*, E.R. 391) e "vate cantora" (*khresmoidón*, E.R. 1200). A atuação da Esfinge aparece assim associada à dos aedos, particularmente em seu aspecto profético. O termo *poikiloidós*, "multíssono", é um *hápax* sofocleano e aponta para o caráter intricado e complexo dos oráculos; além disso, o termo *khresmoidós* tem o sentido de vate, adivinho, que profetiza em versos, isto é, em canto.

O que canta, então, com seu canto oracular essa figura monstruosa, de cujas garras a cidade de Tebas necessitou ser resgatada? O texto não nos diz nada além do fato de que era um enigma (*aínigm'*, E.R. 393) que demandava um saber especial, um saber divinatório (*manteías*, E.R. 394). É exatamente esse saber divinatório que Édipo acusa Tirésias de não ter usado para desvendar o enigma da Esfinge, desqualificando, dessa forma, por uma analogia entre as circunstâncias, o saber divinatório de Tirésias mediante o qual o adivinho lhe imputa agora a autoria da morte de Laio.

Édipo alega que, sem recorrer ao saber proveniente das aves, isto é, da adivinhação, deu fim à monstruosa cantora. Mas o que Édipo não sabe é que, mais do que diante de uma difícil adivinha, para cuja solução foi-lhe necessário somente recorrer ao seu "tino" (*gnóme*, E.R. 398), ele se encontrava diante de mais um "oráculo", desta vez sob a forma de um canto ominoso de Esfinge. O canto da Esfinge a aproxima das Sereias, cujo canto é também de destruição e morte. Assim, o canto não-canto da Esfinge é mais um dos vazios criados pela linguagem divinatória.

É preciso lembrar que, em Sófocles, o que o Deus não diz é tão ou mais importante do que aquilo que diz, porque o que não é dito cria um vazio, um buraco, uma brecha, produzindo, assim, uma distância entre o conhecimento humano e o conhecimento divino; é nesse espaço onde se dá o erro, a falha trágica, a *hamartía*.

Assim, Édipo, no primeiro episódio, ao proclamar seu decreto real para desse modo cumprir a condição precedente do oráculo para a salvação da cidade, acaba por transformar o oráculo do Deus em uma maldição sobre si mesmo. Ele impreca (*kateúkhomai*, E.R. 246) ao assassino de Laio: "que sem bens mau passe a vida mal!" (E.R. 248). A maldição é uma das formas que adquire a relação do homem grego antigo com a linguagem. A palavra imprecatória possui um nume que nela reside e que faz com que ela se cumpra, sendo, desse modo, pressaga. A essa palavra imprecatória soma-se a palavra cledomântica, isto é, aquela em cuja duplicidade de sentido reside um sinal divino. Assim, os sinais divinos se expressam na fala de Édipo quando diz, por exemplo, de Jocasta, "a mulher co-semeada" (E.R. 260), ou de seus filhos, "comuns filhos em comum" (E.R. 261), ou de Laio, "qual por meu pai"

(*E.R.* 264), e em tantas outras instâncias já tão bem exploradas pelos estudiosos desta tragédia. O sentido ominoso de suas próprias palavras escapa a Édipo, pois ele ainda não resolveu o enigma do oráculo, que é descobrir quem matou Laio.

Se, no oráculo entregue a Creonte, o Deus diz o *quê* – expulsar ou matar o assassino de Laio – mas não diz *quem*, algo semelhante ocorre com o oráculo entregue a Édipo, relatado por ele a Jocasta e ao Coro no segundo episódio. Inquieto com a acusação de que não seria filho legítimo dos reis de Corinto, Édipo parte a Delfos, onde recebe do Deus o terrível oráculo de que mataria seu pai e desposaria sua mãe, com quem geraria ímpia prole. O Deus diz o *quê* – parricídio, incesto, prole ímpia –, mas não diz *quem*, e o que o Deus não diz abre caminho para o erro trágico. Em *Édipo Rei* ou *Édipo em Tebas*, esse caminho ganha materialidade e espacialidade na imagem da estrada que se bifurca diante de Édipo, nos tríplices caminhos.

Não é em vão que é tão simbólica e eloquente a imagem de Édipo na encruzilhada – na estrada, a de Delfos, que se bifurca entre Dáulis e Tebas. Essa encruzilhada é o ponto de encontro de três caminhos, mas é também o ponto de encontro entre Édipo e seu pai Laio, e, sobretudo, o ponto de encontro de três oráculos: os entregues a Laio, Édipo e Creonte, respectivamente. Todos têm como chave para sua compreensão a fatídica encruzilhada dos três caminhos, isto é, o trívio. É quando Jocasta menciona "tríplices caminhos" (*triplaîs hamaksítoîs*, *E.R.* 716) que a certeza de Édipo a respeito dos fatos e de si mesmo muda drasticamente: "Que desvario e comoção me têm, / agora quando te ouvi, ó mulher!" E, quando Jocasta lhe pergunta o motivo de sua aflição, Édipo menciona os "tríplices caminhos" (*triplaîs hamaksítoîs*, *E.R.* 730), a respeito dos quais pede mais informações.

Jocasta menciona a encruzilhada ao relatar o oráculo apolíneo entregue a Laio, de que era seu destino ser morto pelo filho. É certo que esse oráculo, dentre os três oráculos délficos desta tragédia, é o único que não traz nenhuma condição precedente, nenhum enigma. Ironicamente, no entanto, o relato de Jocasta sobre o oráculo recebido por Laio e as circunstâncias que o cercaram apresenta-se como um argumento da rainha como prova de que esse oráculo não se cumpriu e, por inferência, todos os oráculos não se cumprem. O resultado, no entanto, é que o seu relato acaba provando exatamente o contrário.

Ao tentar convencer Édipo de que não é necessário temer os oráculos, porque "não há / mortal dotado de arte divinatória" (*E.R.* 708-709), ela diz que lhe dará disso "indícios" (*semeîa*, *E.R.* 710), uma palavra que significa também "sinal divino". Não só o seu relato é o de um oráculo que se cumpriu tal como fora revelado pelos servos mortais do Deus, mas nele ela oferece a Édipo um "indício" que fornece a chave para a solução de todos os enigmas: esse indício é a menção aos tríplices caminhos.

É verdade que todas as respostas já haviam sido entregues a Édipo por Tirésias, mas o filho de Laio rejeita o vaticínio do adivinho, julgando que Tirésias não está respondendo à sua pergunta – quem é o assassino de Laio – por estar em conluio com Creonte para lhe arrebatar o trono. Nesse sentido, a cena entre Édipo e Tirésias ecoa a consulta de Édipo ao oráculo de Delfos. Édipo diz de sua consulta que o Deus o dispensou sem lhe ter honrado com a resposta àquilo pelo que viera consultá-lo: quem eram seus pais.

Tirésias entra em cena convocado por Édipo, e sua apresentação enquanto sacerdote de Apolo é sobejamente caracterizada. O Coro diz de Tirésias que "vê o mesmo que senhor Febo" (*E.R.* 284) e o próprio Édipo o saúda como "senhor de todos os saberes" (*E.R.* 300). Tirésias é, por assim dizer, o próprio oráculo de Apolo em cena. Contrariamente a este, que não diz tudo, Tirésias diz mais do que Édipo perguntou. O que Tirésias responde a mais é exatamente o que o oráculo de Delfos disse de menos: a origem de Édipo, *quem* são seus pais. Diz ainda o futuro: em breve Édipo tudo descobrirá e irá, cego, errar por terra estrangeira. Tirésias é, portanto, parte integrante dessa tríade oracular e a sua fala fornece as peças que, tal como num jogo de quebra-cabeças, completa o quadro: o quadro da ruína de Édipo.

Assim, se os Deuses interpelam, dialogam e interagem com os mortais através das aparências do mundo, é preciso estar alerta às aparências do mundo. Édipo se diz filho da Sorte (*Týkhe*), e de fato o é, na medida em que é através da *týkhe* que os oráculos se cumprem em sua vida, porque os desígnios de Apolo se manifestam através de seus oráculos em Delfos, certamente, mas também através da *týkhe*, do canto ominoso da Esfinge, da palavra imprecatória, da ambiguidade cledomântica das palavras, de seus sacerdotes. E é, assim, nessa encruzilhada de sinais divinos que se tece a *Moîra* de Édipo sob os auspícios do Deus de Delfos.

REFERÊNCIAS BIBLIOGRÁFICAS:

BOWMAN, L. M. *Knowledge and Prophecy in Sophokles*. Thesis Dissertation. University of California, Los Angeles, 1994, 245 pp.

BUSHNELL, Rebecca W. *Prophesying Tragedy: Sign and Voice in Sophocles' Theban Plays*. Ithaca and London, Cornell University Press, 1988.

KAMERBEEK, J. C. *The Plays of Sophocles*. Part IV: The Oedipus Tyrannus. Leiden, Brill, 1967.

PISTONE, A. N. *When the Gods Speak: Oracular Communication and Concepts of Language in Sophocles*. Thesis Dissertation. University of Michigan, 2017, 260 pp.

SÓFOCLES. *Rei Édipo*. Introdução, Tradução e Notas de Flávio Ribeiro de Oliveira. São Paulo, Odysseus Editora, 2015.

SOPHOCLES. *Oedipus the King*. Edited with Introduction, Translation, and Commentary by P. J. Finglass. Cambridge, Cambridge University Press, 2018.

SOPHOCLES. *Oedipus Rex*. Edited by R. D. Dawe. Cambridge, Cambridge University Press, 1982.

VERNANT, J.-P. "Ambiguidade e Reviravolta. Sobre a Estrutura Enigmática de Édipo-Rei" (Tradução de Filomena Yoshie Hirata Garcia). *In*: VERNANT, J. P. & VIDAL-NAQUET, P. *Mito e Tragédia na Grécia Antiga*. São Paulo, Editora Perspectiva, 2005.

ΟΙΔΙΠΟΥΣ ΤΥΡΑΝΝΟΣ /
ÉDIPO REI ou *ÉDIPO EM TEBAS**

---

* A presente tradução segue o texto de H. Lloyd-Jones e N. G. Wilson *Sophoclis Fabulae* (Oxford, Oxford University Press, 1990), e onde este é lacunar recorremos a restauração proposta por outros editores, cujos nomes se assinalam à margem esquerda do verso restaurado no texto e na tradução. Os números à margem dos versos seguem a referência estabelecida pela tradição filológica e nem sempre coincidem com a sequência ordinal.

ΤΑ ΤΟΥ ΔΡΑΜΑΤΟΣ ΠΡΟΣΩΠΑ

Οἰδίπους
Ἱερεύς
Κρέων
Χορὸς γερόντων Θηβαίων
Τειρεσίας
Ἰοκάστη
Ἄγγελος
Θεράπων Λαΐου
Ἐξάγγελος

PERSONAGENS DO DRAMA

Édipo
Sacerdote
Creonte
Coro de anciãos tebanos
Tirésias
Jocasta
Primeiro mensageiro
Servo de Laio
Segundo mensageiro

ΟΙΔΙΠΟΥΣ
Ὦ τέκνα, Κάδμου τοῦ πάλαι νέα τροφή,
τίνας ποθ' ἕδρας τάσδε μοι θοάζετε
ἱκτηρίοις κλάδοισιν ἐξεστεμμένοι;
πόλις δ' ὁμοῦ μὲν θυμιαμάτων γέμει,
5 ὁμοῦ δὲ παιάνων τε καὶ στεναγμάτων·
ἀγὼ δικαιῶν μὴ παρ' ἀγγέλων, τέκνα,
ἄλλων ἀκούειν αὐτὸς ὧδ' ἐλήλυθα,
ὁ πᾶσι κλεινὸς Οἰδίπους καλούμενος.
ἀλλ', ὦ γεραιέ, φράζ', ἐπεὶ πρέπων ἔφυς
10 πρὸ τῶνδε φωνεῖν, τίνι τρόπῳ καθέστατε,
δείσαντες ἢ στέρξαντες; ὡς θέλοντος ἂν
ἐμοῦ προσαρκεῖν πᾶν· δυσάλγητος γὰρ ἂν
εἴην τοιάνδε μὴ οὐ κατοικτίρων ἕδραν.

ΙΕΡΕΥΣ
ἀλλ', ὦ κρατύνων Οἰδίπους χώρας ἐμῆς,
15 ὁρᾷς μὲν ἡμᾶς ἡλίκοι προσήμεθα
βωμοῖσι τοῖς σοῖς, οἱ μὲν οὐδέπω μακρὰν
πτέσθαι σθένοντες, οἱ δὲ σὺν γήρᾳ βαρεῖς·
ἱερεύς ἐγὼ μὲν Ζηνός, οἵδε τ' ἠθέων
λεκτοί· τὸ δ' ἄλλο φῦλον ἐξεστεμμένον
20 ἀγοραῖσι θακεῖ, πρός τε Παλλάδος διπλοῖς
ναοῖς, ἐπ' Ἰσμηνοῦ τε μαντείᾳ σποδῷ.
πόλις γάρ, ὥσπερ καὐτὸς εἰσορᾷς, ἄγαν
ἤδη σαλεύει, κἀνακουφίσαι κάρα
βυθῶν ἔτ' οὐχ οἵα τε φοινίου σάλου,
25 φθίνουσα μὲν κάλυξιν ἐγκάρποις χθονός,
φθίνουσα δ' ἀγέλαις βουνόμοις, τόκοισί τε
ἀγόνοις γυναικῶν· ἐν δ' ὁ πυρφόρος θεὸς
σκήψας ἐλαύνει, λοιμὸς ἔχθιστος, πόλιν,

PRÓLOGO (1-150)

ÉDIPO
    Ó filhos nova prole de Cadmo prisco,
    por que estais sentados nessa atitude
    coroados com suplicatórias ramagens?
    Esta urbe tão saturada está de incensos
5   quão saturada de peãs e lamentações.
    Por não crer justo ouvir de mensageiros
    outros, ó filhos, assim eu mesmo vim,
    este por todos chamado o ínclito Édipo.
    Mas, ó velho, fala, visto que te convém
10 falar em nome deles como estais e o que
    temeis ou quereis, porque me disponho
    a prestar todo auxílio, pois insensível
    seria se não me condoesse de tua súplica.

SACERDOTE
    Mas, ó soberano Édipo de minha terra,
15 vês de que idade somos nós prostrados
    aos teus altares, uns ainda não podendo
    voar longe, outros opressos de velhice,
    eu, o sacerdote de Zeus, e estes, seletos
    moços. A outra parte da tribo coroada
20 senta-se na praça junto ao duplo templo
    de Palas e à cinza adivinha de Ismeno.
    Esta urbe, como tu mesmo vês, oscila
    e não pode mais suster a cabeça acima
    do abismo e da sangrenta encrespação,
25 fenecendo nos cálices frutíferos do solo,
    fenecendo no gado campeiro e nos partos
    sem filho das mulheres. O Deus ignífero
    abate e, peste horrenda, persegue a urbe,

ὑφ' οὗ κενοῦται δῶμα Καδμεῖον· μέλας δ'
30 Ἅιδης στεναγμοῖς καὶ γόοις πλουτίζεται.
θεοῖσι μέν νυν οὐκ ἰσούμενός σ' ἐγὼ
οὐδ' οἵδε παῖδες ἑζόμεσθ' ἐφέστιοι,
ἀνδρῶν δὲ πρῶτον ἔν τε συμφοραῖς βίου
κρίνοντες ἔν τε δαιμόνων ξυναλλαγαῖς·
35 ὅς γ' ἐξέλυσας ἄστυ Καδμεῖον μολὼν
σκληρᾶς ἀοιδοῦ δασμὸν ὃν παρείχομεν,
καὶ ταῦθ' ὑφ' ἡμῶν οὐδὲν ἐξειδὼς πλέον
οὐδ' ἐκδιδαχθείς, ἀλλὰ προσθήκῃ θεοῦ
λέγῃ νομίζῃ θ' ἡμὶν ὀρθῶσαι βίον.
40 νῦν δ', ὦ κράτιστον πᾶσιν Οἰδίπου κάρα,
ἱκετεύομέν σε πάντες οἵδε πρόστροποι
ἀλκήν τιν' εὑρεῖν ἡμίν, εἴτε του θεῶν
φήμην ἀκούσας εἴτ' ἀπ' ἀνδρὸς οἶσθά που·
ὡς τοῖσιν ἐμπείροισι καὶ τὰς ξυμφορὰς
45 ζώσας ὁρῶ μάλιστα τῶν βουλευμάτων.
ἴθ', ὦ βροτῶν ἄριστ', ἀνόρθωσον πόλιν·
ἴθ', εὐλαβήθηθ'· ὡς σὲ νῦν μὲν ἥδε γῆ
σωτῆρα κλῄζει τῆς πάρος προθυμίας,
ἀρχῆς δὲ τῆς σῆς μηδαμῶς μεμνήμεθα
50 στάντες τ' ἐς ὀρθὸν καὶ πεσόντες ὕστερον.
ἀλλ' ἀσφαλείᾳ τήνδ' ἀνόρθωσον πόλιν.
ὄρνιθι γὰρ καὶ τὴν τότ' αἰσίῳ τύχην
παρέσχες ἡμῖν, καὶ τανῦν ἴσος γενοῦ.
ὡς εἴπερ ἄρξεις τῆσδε γῆς, ὥσπερ κρατεῖς,
55 ξὺν ἀνδράσιν κάλλιον ἢ κενῆς κρατεῖν·
ὡς οὐδέν ἐστιν οὔτε πύργος οὔτε ναῦς
ἐρῆμος ἀνδρῶν μὴ ξυνοικούντων ἔσω.

ΟΙΔΙΠΟΥΣ

ὦ παῖδες οἰκτροί, γνωτὰ κοὐκ ἄγνωτά μοι
προσήλθεθ' ἱμείροντες, εὖ γὰρ οἶδ' ὅτι

ele esvazia a casa de Cadmo e o negro
30 Hades enriquece com gemidos e prantos.
Aos Deuses não te igualando nem eu
nem os jovens, sentamo-nos suplicantes,
mas primeiro varão nas junções da vida
e no trato com os Numes te consideramos,
35 pois tu vieste e livraste a cidade cadmeia
do tributo que pagávamos à dura cantora,
e isso sem por nós nada mais conhecer
nem aprender, mas é dito e tido que tu
por toque de Deus ergueste nossa vida.
40 Agora, ó tido por todos supremo Édipo
suplicamos-te todos aqui implorantes
descobrir-nos abrigo, ou por voz divina
ouvires ou por saberes algo de varão,
pois é nos expertos que vejo o valor
45 das deliberações ter a vida mais longa.
Ó melhor dos mortais, reergue a urbe!
Oh, tem cautela, porque hoje esta terra
te chama salvador por antigo empenho,
mas não nos lembremos de teu poder
50 por nos pormos de pé e depois cairmos,
mas reergue esta urbe com segurança!
Por auspício fausto a sorte de outrora
tu nos forneceste, faz-te igual agora!
Se governarás esta terra como fazes,
55 antes presidi-la povoada que vazia,
porque não há nem torre nem nau
erma dos varões que nela convivem.

ÉDIPO

Ó filhos plangentes, viestes desejosos
do que sei e não ignoro, pois bem sei

60   νοσεῖτε πάντες· καὶ νοσοῦντες, ὡς ἐγὼ
      οὐκ ἔστιν ὑμῶν ὅστις ἐξ ἴσου νοσεῖ.
      τὸ μὲν γὰρ ὑμῶν ἄλγος εἰς ἕν' ἔρχεται
      μόνον καθ' αὑτόν, κοὐδέν' ἄλλον, ἡ δ' ἐμὴ
      ψυχὴ πόλιν τε κἀμὲ καὶ σ' ὁμοῦ στένει.
65   ὥστ' οὐχ ὕπνῳ γ' εὕδοντά μ' ἐξεγείρετε,
      ἀλλ' ἴστε πολλὰ μέν με δακρύσαντα δή,
      πολλὰς δ' ὁδοὺς ἐλθόντα φροντίδος πλάνοις.
      ἣν δ' εὖ σκοπῶν ηὕρισκον ἴασιν μόνην,
      ταύτην ἔπραξα· παῖδα γὰρ Μενοικέως
70   Κρέοντ', ἐμαυτοῦ γαμβρόν, ἐς τὰ Πυθικὰ
      ἔπεμψα Φοίβου δώμαθ', ὡς πύθοιθ' ὅ τι
      δρῶν ἢ τί φωνῶν τήνδ' ἐρυσαίμην πόλιν.
      καί μ' ἦμαρ ἤδη ξυμμετρούμενον χρόνῳ
      λυπεῖ τί πράσσει· τοῦ γὰρ εἰκότος πέρα
75   ἄπεστι, πλείω τοῦ καθήκοντος χρόνου.
      ὅταν δ' ἵκηται, τηνικαῦτ' ἐγὼ κακὸς
      μὴ δρῶν ἂν εἴην πάνθ' ὅσ' ἂν δηλοῖ θεός.

ΙΕΡΕΥΣ
      ἀλλ' ἐς καλὸν σύ τ' εἶπας, οἵδε τ' ἀρτίως
      Κρέοντα προσστείχοντα σημαίνουσί μοι.

ΟΙΔΙΠΟΥΣ
80   ὦναξ Ἄπολλον, εἰ γὰρ ἐν τύχῃ γέ τῳ
      σωτῆρι βαίη λαμπρὸς ὥσπερ ὄμμα τι.

ΙΕΡΕΥΣ
      ἀλλ' εἰκάσαι μέν, ἡδύς· οὐ γὰρ ἂν κάρα
      πολυστεφὴς ὧδ' εἷρπε παγκάρπου δάφνης.

ΟΙΔΙΠΟΥΣ
      τάχ' εἰσόμεσθα· ξύμμετρος γὰρ ὡς κλύειν.

60 que todos sofreis; e ainda que sofrais
não há entre vós quem sofra como eu.
A vossa dor vai para cada um somente
por si e por ninguém mais, mas minha
alma geme pela urbe, por mim e por ti.
65 Não me despertastes dormido de sono,
mas sabei que muitas vezes pranteei
e percorri muitas vias do pensamento.
Investigando bem descobri uma cura
que já empreendi: o filho de Meneceu,
70 Creonte, o meu cunhado, enviei à pítia
casa de Febo para que soubesse o que
fazer ou dizer que resgatasse esta urbe.
Medido o dia pelo tempo já me aflige
o que está fazendo, pois além da conta
75 está ausente mais que o devido tempo.
Quando ele vier, então eu serei mau
se não fizer tudo o que o Deus disser.

SACERDOTE
Disseste a tempo, estes agora mesmo
me indicam que se aproxima Creonte.

ÉDIPO
80 Ó senhor Apolo, possa vir com a sorte
salvadora tal qual a vista resplandece!

SACERDOTE
Mas, parece, vem feliz, ou não teria
a cabeça coroada com láurea frutífera.

ÉDIPO
Já saberemos, vem ao alcance da voz.

85 ἄναξ, ἐμὸν κήδευμα, παῖ Μενοικέως,
    τίν' ἡμὶν ἥκεις τοῦ θεοῦ φήμην φέρων;

ΚΡΕΩΝ
    ἐσθλήν· λέγω γὰρ καὶ τὰ δύσφορ', εἰ τύχοι
    κατ' ὀρθὸν ἐξελθόντα, πάντ' ἂν εὐτυχεῖν.

ΟΙΔΙΠΟΥΣ
    ἔστιν δὲ ποῖον τοὔπος; οὔτε γὰρ θρασὺς
90 οὔτ' οὖν προδείσας εἰμὶ τῷ γε νῦν λόγῳ.

ΚΡΕΩΝ
    εἰ τῶνδε χρῄζεις πλησιαζόντων κλύειν,
    ἕτοιμος εἰπεῖν, εἴτε καὶ στείχειν ἔσω.

ΟΙΔΙΠΟΥΣ
    ἐς πάντας αὔδα. τῶνδε γὰρ πλέον φέρω
    τὸ πένθος ἢ καὶ τῆς ἐμῆς ψυχῆς πέρι.

ΚΡΕΩΝ
95 λέγοιμ' ἂν οἷ' ἤκουσα τοῦ θεοῦ πάρα.
    ἄνωγεν ἡμᾶς Φοῖβος ἐμφανῶς, ἄναξ,
    μίασμα χώρας, ὡς τεθραμμένον χθονὶ
    ἐν τῇδ', ἐλαύνειν μηδ' ἀνήκεστον τρέφειν.

ΟΙΔΙΠΟΥΣ
    ποίῳ καθαρμῷ; τίς ὁ τρόπος τῆς ξυμφορᾶς;

ΚΡΕΩΝ
100 ἀνδρηλατοῦντας, ἢ φόνῳ φόνον πάλιν
    λύοντας, ὡς τόδ' αἷμα χειμάζον πόλιν.

ΟΙΔΙΠΟΥΣ
    ποίου γὰρ ἀνδρὸς τήνδε μηνύει τύχην;

85 Senhor meu parente, filho de Meneceu,
que voz tu nos vens trazendo do Deus?

CREONTE
Boa; digo que até o difícil, se por sorte
terminasse bem, seria de todo boa sorte.

ÉDIPO
Que disse a voz? Não estou confiante
90 nem apreensivo com essa tua palavra.

CREONTE
Se queres ouvir em presença deles,
estou pronto a dizer, ou a entrar!

ÉDIPO
Diz perante todos! Porto por eles
maior dor do que por minha vida.

CREONTE
95 Eu diria então o que ouvi do Deus.
Febo às claras nos exorta, senhor,
a banir a poluência que se nutriu
neste solo e não a nutrir incurável.

ÉDIPO
Como purgar? Qual a conjuntura?

CREONTE
100 Com exílio. Ou morte com morte
pagar, pois o cruor agrava a urbe.

ÉDIPO
De quem assim denuncia a sorte?

ΚΡΕΩΝ

    ἦν ἡμίν, ὦναξ, Λάιός ποθ' ἡγεμὼν
    γῆς τῆσδε, πρὶν σὲ τήνδ' ἀπευθύνειν πόλιν.

ΟΙΔΙΠΟΥΣ
105   ἔξοιδ' ἀκούων· οὐ γὰρ εἰσεῖδόν γέ πω.

ΚΡΕΩΝ

    τούτου θανόντος νῦν ἐπιστέλλει σαφῶς
    τοὺς αὐτοέντας χειρὶ τιμωρεῖν τινας.

ΟΙΔΙΠΟΥΣ

    οἱ δ' εἰσὶ ποῦ γῆς; ποῦ τόδ' εὑρεθήσεται
    ἴχνος παλαιᾶς δυστέκμαρτον αἰτίας;

ΚΡΕΩΝ
110   ἐν τῇδ' ἔφασκε γῇ· τὸ δὲ ζητούμενον
    ἁλωτόν, ἐκφεύγει δὲ τἀμελούμενον.

ΟΙΔΙΠΟΥΣ

    πότερα δ' ἐν οἴκοις, ἢ 'ν ἀγροῖς ὁ Λάιος,
    ἢ γῆς ἐπ' ἄλλης τῷδε συμπίπτει φόνῳ;

ΚΡΕΩΝ

    θεωρός, ὥς ἔφασκεν, ἐκδημῶν πάλιν
115   πρὸς οἶκον οὐκέθ' ἵκεθ', ὡς ἀπεστάλη.

ΟΙΔΙΠΟΥΣ

    οὐδ' ἄγγελός τις οὐδὲ συμπράκτωρ ὁδοῦ
    κατεῖδ', ὅτου τις ἐκμαθὼν ἐχρήσατ' ἄν;

ΚΡΕΩΝ

    θνήσκουσι γάρ, πλὴν εἷς τις, ὃς φόβῳ φυγὼν
    ὧν εἶδε πλὴν ἓν οὐδὲν εἶχ' εἰδὼς φράσαι.

CREONTE
    Senhor, tivemos outrora Laio rei
    desta terra antes de guiares a urbe.

ÉDIPO
105 Sei por ouvir, pois não vi jamais.

CREONTE
    Morto aquele, agora ordena claro
    punir com a mão a quem o matou.

ÉDIPO
    Onde estão na terra? Onde se verá
    o vestígio indistinto de antiga culpa?

CREONTE
110 Nesta terra, disse. O que se procura
    se captura, o que se descura escapa.

ÉDIPO
    Em casa, no campo ou em outra
    terra, Laio encontrou essa morte?

CREONTE
    Indo consultar o Deus, alegou ele,
115 não mais voltou depois que partiu.

ÉDIPO
    Nem arauto nem sócio de viagem
    viu, de quem se pudesse saber algo?

CREONTE
    Mortos, menos um ao fugir de medo
    não pôde dizer do que viu senão algo.

ΟΙΔΙΠΟΥΣ

120 τὸ ποῖον; ἓν γὰρ πόλλ' ἂν ἐξεύροι μαθεῖν,
ἀρχὴν βραχεῖαν εἰ λάβοιμεν ἐλπίδος.

ΚΡΕΩΝ

ληστὰς ἔφασκε συντυχόντας οὐ μιᾷ
ῥώμῃ κτανεῖν νιν, ἀλλὰ σὺν πλήθει χερῶν.

ΟΙΔΙΠΟΥΣ

πῶς οὖν ὁ λῃστής, εἴ τι μὴ ξὺν ἀργύρῳ
125 ἐπράσσετ' ἐνθένδ', ἐς τόδ' ἂν τόλμης ἔβη;

ΚΡΕΩΝ

δοκοῦντα ταῦτ' ἦν· Λαΐου δ' ὀλωλότος
οὐδεὶς ἀρωγὸς ἐν κακοῖς ἐγίγνετο.

ΟΙΔΙΠΟΥΣ

κακὸν δὲ ποῖον ἐμποδὼν τυραννίδος
οὕτω πεσούσης εἶργε τοῦτ' ἐξειδέναι;

ΚΡΕΩΝ

130 ἡ ποικιλῳδὸς Σφὶγξ τὸ πρὸς ποσὶ σκοπεῖν
μεθέντας ἡμᾶς τἀφανῆ προσήγετο.

ΟΙΔΙΠΟΥΣ

ἀλλ' ἐξ ὑπαρχῆς αὖθις αὔτ' ἐγὼ φανῶ.
ἐπαξίως γὰρ Φοῖβος, ἀξίως δὲ σύ
πρὸ τοῦ θανόντος τήνδ' ἔθεσθ' ἐπιστροφήν·
135 ὥστ' ἐνδίκως ὄψεσθε κἀμὲ σύμμαχον,
γῇ τῇδε τιμωροῦντα τῷ θεῷ θ' ἅμα.
ὑπὲρ γὰρ οὐχὶ τῶν ἀπωτέρω φίλων
ἀλλ' αὐτὸς αὑτοῦ τοῦτ' ἀποσκεδῶ μύσος.
ὅστις γὰρ ἦν ἐκεῖνον ὁ κτανὼν τάχ' ἂν

ÉDIPO

120   O quê? Saber algo valeria muito, se
      tivéssemos tênue início de esperança.

CREONTE

      Disse que ladrões vindos não com única
      força mas com muitas mãos o mataram.

ÉDIPO

      Como o ladrão, se daqui não recebesse
125   talvez prata, chegaria a tanta ousadia?

CREONTE

      Assim pareceu, mas após morto Laio
      nenhum defensor entre males surgiu.

ÉDIPO

      Que mal entre os pés, ao cair assim
      a realeza, vos impediu de saber isso?

CREONTE

130   Multíssona Esfinge nos levou a ver
      o que é aos pés, omitindo o invisível.

ÉDIPO

      Desde o início outra vez o mostrarei.
      Condignamente Febo e dignamente tu
      tivestes esta atenção voltada ao morto.
135   Com justiça vereis em mim um aliado
      vingador desta terra e do Deus também,
      pois não em prol de longínquos amigos,
      mas por mim mesmo repilo a poluência.
      Qualquer que fosse o matador, talvez

140 κἄμ' ἂν τοιαύτῃ χειρὶ τιμωρεῖν θέλοι.
κείνῳ προσαρκῶν οὖν ἐμαυτὸν ὠφελῶ.
ἀλλ' ὡς τάχιστα, παῖδες, ὑμεῖς μὲν βάθρων
ἵστασθε, τούσδ' ἄραντες ἱκτῆρας κλάδους,
ἄλλος δὲ Κάδμου λαὸν ὧδ' ἀθροιζέτω,
145 ὡς πᾶν ἐμοῦ δράσοντος· ἢ γὰρ εὐτυχεῖς
σὺν τῷ θεῷ φανούμεθ', ἢ πεπτωκότες.

ΙΕΡΕΥΣ
ὦ παῖδες, ἱστώμεσθα· τῶνδε γὰρ χάριν
καὶ δεῦρ' ἔβημεν ὧν ὅδ' ἐξαγγέλλεται.
Φοῖβος δ' ὁ πέμψας τάσδε μαντείας ἅμα
150 σωτήρ θ' ἵκοιτο καὶ νόσου παυστήριος.

140   quisesse com a mesma mão me agredir.
      Ao socorrê-lo, pois, sou útil a mim mesmo.
      Mas, filhos, o mais rápido vos levantai
      dos degraus, levai os ramos suplicatórios.
      Alguém aqui conclame o povo de Cadmo,
145   para que eu faça tudo! Ou com boa sorte
      com o Deus nos veremos, ou derrubados.

SACERDOTE
      Ó filhos, levantemo-nos, pois nós viemos
      aqui por isto que ele agora nos anuncia.
      Que Febo, que nos enviou estes vaticínios,
150   nos venha salvador e extintor de distúrbio!

ΧΟΡΟΣ

{STR. 1.} ὦ Διὸς ἁδυεπὲς φάτι, τίς ποτε τᾶς πολυχρύσου
Πυθῶνος ἀγλαὰς ἔβας
Θήβας; ἐκτέταμαι φοβερὰν φρένα δείματι πάλλων,
ἰήιε Δάλιε Παιάν,
155 ἀμφὶ σοὶ ἁζόμενος· τί μοι ἢ νέον
ἢ περιτελλομέναις ὥραις πάλιν ἐξανύσεις χρέος;
εἰπέ μοι, ὦ χρυσέας τέκνον Ἐλπίδος, ἄμβροτε Φάμα.

{ANT. 1.} πρῶτα σὲ κεκλόμενος, θύγατερ Διός, ἄμβροτ' Ἀθάνα,
160 γαιάοχόν τ' ἀδελφεὰν
Ἄρτεμιν, ἃ κυκλόεντ' ἀγορᾶς θρόνον εὐκλέα θάσσει,
καὶ Φοῖβον ἑκαβόλον αἰτῶ,
τρισσοὶ ἀλεξίμοροι προφάνητέ μοι·
165 εἴ ποτε καὶ προτέρας ἄτας ὑπερορνυμένας πόλει
ἠνύσατ' ἐκτοπίαν φλόγα πήματος, ἔλθετε καὶ νῦν.

{STR. 2.} ὦ πόποι, ἀνάριθμα γὰρ φέρω
πήματα· νοσεῖ δέ μοι πρόπας
170 στόλος, οὐδ' ἔνι φροντίδος ἔγχος
ᾧ τις ἀλέξεται· οὔτε γὰρ ἔκγονα
κλυτᾶς χθονὸς αὔξεται οὔτε τόκοισιν
ἰηίων καμάτων ἀνέχουσι γυναῖκες.
175 ἄλλον δ' ἂν ἄλλᾳ προσίδοις ἅπερ εὔπτερον ὄρνιν
κρεῖσσον ἀμαιμακέτου πυρὸς ὄρμενον
ἀκτὰν πρὸς ἑσπέρου θεοῦ·

{ANT. 2.} ὧν πόλις ἀνάριθμος ὄλλυται·
180 νηλέα δὲ γένεθλα πρὸς πέδῳ
θαναταφόρα κεῖται ἀνοίκτως·
ἐν δ' ἄλοχοι πολιαί τ' ἔπι ματέρες

PÁRODO (151-215)

CORO

EST. 1 Ó dulcíssona Voz de Zeus, qual vieste da pleniáurea
Pito à esplêndida Tebas?
Tensa tenho a alma tímida trêmula,
iè iè délio Peã,
155 por te temer. Que dívida nova
ou de novo me cobrarás no retorno das estações?
Diz-me, filha de áurea Esperança, imorredoura Voz!

ANT. 1 Antes te chamo, filha de Zeus, imorredoura Atena,
160 e a ti, terrícola irmã
Ártemis, sentada no glorioso trono circular da praça,
e Febo certeiro, eu vos peço,
três defensores mostrai-vos!
165 Se outrora na urbe ao surgir erronias
removestes o fogo de dor, vinde agora também!

EST. 2 Ó *pópoi*, inúmeras dores
suporto, adoece a tropa
170 toda, sem arma em mente
para defesa. Nem frutos crescem
do ínclito chão, nem nos partos
de aiadas dores mulheres parem.
175 Um a um se veria qual ave alada
mais ágil que o fogo ardente
ao ir à borda do Deus tardio.

ANT. 2 Inúmeras vezes a urbe morre.
180 Sem dó as gerações no chão
jazem mortíferas sem pranto
e esposas e grisalhas mães

ἀκτὰν παρὰ βώμιον ἄλλοθεν ἄλλαι
185 λυγρῶν πόνων ἱκτῆρες ἐπιστενάχουσι.
παιὼν δὲ λάμπει στονόεσσά τε γῆρυς ὅμαυλος·
τῶν ὕπερ, ὦ χρυσέα θύγατερ Διός,
εὐῶπα πέμψον ἀλκάν.

{STR. 3.} Ἄρεά τε τὸν μαλερόν, ὅς
191 νῦν ἄχαλκος ἀσπίδων
φλέγει με περιβόητος ἀντιάζων,
παλίσσυτον δράμημα νωτίσαι πάτρας,
ἔπουρον εἴτ' ἐς μέγαν
195 θάλαμον Ἀμφιτρίτας
εἴτ' ἐς τὸν ἀπόξενον ὅρμων
Θρῄκιον κλύδωνα·
τελεῖν γάρ, εἴ τι νὺξ ἀφῇ,
τοῦτ' ἐπ' ἦμαρ ἔρχεται·
200 τόν, ὦ τᾶν πυρφόρων
ἀστραπᾶν κράτη νέμων,
ὦ Ζεῦ πάτερ, ὑπὸ σῷ φθίσον κεραυνῷ.

{ANT. 3.} Λύκει' ἄναξ, τά τε σὰ χρυ-
σοστρόφων ἀπ' ἀγκυλᾶν
205 βέλεα θέλοιμ' ἂν ἀδάματ' ἐνδατεῖσθαι
ἀρωγὰ προσταθέντα, τάς τε πυρφόρους
Ἀρτέμιδος αἴγλας, ξὺν αἷς
Λύκι' ὄρεα διᾴσσει·
τὸν χρυσομίτραν τε κικλήσκω,
210 τᾶσδ' ἐπώνυμον γᾶς,
οἰνῶπα Βάκχον, εὔιον
Μαινάδων ὁμόστολον
πελασθῆναι φλέγοντ'
ἀγλαῶπι ⟨– ∪ –⟩
215 πεύκᾳ 'πὶ τὸν ἀπότιμον ἐν θεοῖς θεόν.

junto a cada borda de altar
185 súplices gemem lúgubres dores.
Fulge peã e junto gemente voz.
Por isso, ó áurea filha de Zeus
envia-nos a formosa defesa.

EST. 3 Ares violento, que agora
191 sem o bronze do escudo
ateia-me ataque clamoroso,
vá de volta longe da pátria
no vento ou ao grande
195 tálamo de Anfitrite
ou às inóspitas vagas
dos portos da Trácia!
Se a noite omite algo
vem o dia completar.
200 Ó senhor dos poderes
de fulminantes relâmpagos
Zeus pai, mata-o com o raio!

ANT. 3 Lício rei, quisera das áureas
cordas do arco dispersar
205 os teus indômitos dardos
interpostos defensores
e tochas igníferas de Ártemis
que salta nos montes lícios.
Evoco o de áurea mitra
210 epônimo desta terra,
víneo Baco, évio sócio
de procissão de Loucas,
para atacar flamejante
com esplêndido archote
215 o Deus sem honra dos Deuses.

ΟΙΔΙΠΟΥΣ
αἰτεῖς· ἃ δ' αἰτεῖς, τἄμ' ἐὰν θέλῃς ἔπη
κλύων δέχεσθαι τῇ νόσῳ θ' ὑπηρετεῖν,
ἀλκὴν λάβοις ἂν κἀνακούφισιν κακῶν·
ἀγὼ ξένος μὲν τοῦ λόγου τοῦδ' ἐξερῶ,
220 ξένος δὲ τοῦ πραχθέντος· οὐ γὰρ ἂν μακρὰν
ἴχνευον αὐτό, μὴ οὐκ ἔχων τι σύμβολον.
νῦν δ', ὕστερος γὰρ ἀστὸς εἰς ἀστοὺς τελῶ,
ὑμῖν προφωνῶ πᾶσι Καδμείοις τάδε·
ὅστις ποθ' ὑμῶν Λάιον τὸν Λαβδάκου
225 κάτοιδεν ἀνδρὸς ἐκ τίνος διώλετο,
τοῦτον κελεύω πάντα σημαίνειν ἐμοί·
[BLAYDES] κεἰ μὲν φοβεῖται, τοὐπίκλημ' ὑπεξελεῖν
αὐτὸς καθ' αὑτοῦ·—πείσεται γὰρ ἄλλο μὲν
ἀστεργὲς οὐδέν, γῆς δ' ἄπεισιν ἀβλαβής—
230 εἰ δ' αὖ τις ἄλλον οἶδεν ἢ 'ξ ἄλλης χθονὸς
τὸν αὐτόχειρα, μὴ σιωπάτω· τὸ γὰρ
κέρδος τελῶ 'γὼ χἠ χάρις προσκείσεται.
εἰ δ' αὖ σιωπήσεσθε, καί τις ἢ φίλου
δείσας ἀπώσει τοὔπος ἢ χαὑτοῦ τόδε,
235 ἃκ τῶνδε δράσω, ταῦτα χρὴ κλύειν ἐμοῦ.
τὸν ἄνδρ' ἀπαυδῶ τοῦτον, ὅστις ἐστί, γῆς
τῆσδ', ἧς ἐγὼ κράτη τε καὶ θρόνους νέμω,
μήτ' ἐσδέχεσθαι μήτε προσφωνεῖν τινά,
μήτ' ἐν θεῶν εὐχαῖσι μήτε θύμασιν
240 κοινὸν ποεῖσθαι, μήτε χέρνιβος νέμειν·
ὠθεῖν δ' ἀπ' οἴκων πάντας, ὡς μιάσματος
τοῦδ' ἡμὶν ὄντος, ὡς τὸ Πυθικὸν θεοῦ
μαντεῖον ἐξέφηνεν ἀρτίως ἐμοί.
ἐγὼ μὲν οὖν τοιόσδε τῷ τε δαίμονι
245 τῷ τ' ἀνδρὶ τῷ θανόντι σύμμαχος πέλω.

PRIMEIRO EPISÓDIO (216-462)

ÉDIPO
    Pedes, e ao pedires, se o que digo
    queres ouvir e servir no distúrbio,
    obterias abrigo e alívio de males.
    Eu o direi, estranho a este relato,
220 estranho ao que se fez; não muito
    investigaria isso sem ter indício.
    Hoje, cidadão após os cidadãos,
    proclamo a todos vós, cadmeus:
    quem de vós sabe por que varão
225 foi imolado Laio, o filho de Lábdaco,
    eu o conclamo a indicar-me tudo.
[BLAYDES] Ainda que tema, afaste a acusação
    de si mesmo, nenhum outro agravo
    sofrerá e partirá incólume da terra.
230 Mas se sabe que outro ou de alhures
    é o homicida, não se cale, pagarei
    o prêmio e acrescentarei gratidão.
    Se, aliás, se calar e repelir esta fala,
    temendo por um seu ou por si mesmo,
235 deve ouvir de mim o que farei disso.
    Proíbo esse varão, seja ele quem for,
    nesta terra onde tenho poder e trono,
    de ser recebido ou de ser interpelado
    e de participar nas preces aos Deuses
240 e nos sacrifícios e nas águas lustrais.
    Todos o repilam das casas por ser
    para nós poluência como o vaticínio
    pítio de Deus há pouco me revelou.
    Tal aliado, pois, me torno do Nume
245 e tal aliado também do varão morto.

[κατεύχομαι δὲ τὸν δεδρακότ', εἴτε τις
εἷς ὢν λέληθεν εἴτε πλειόνων μέτα,
κακὸν κακῶς νιν ἄμορον ἐκτρῖψαι βίον.
ἐπεύχομαι δ', οἴκοισιν εἰ ξυνέστιος
250 ἐν τοῖς ἐμοῖς γένοιτ' ἐμοῦ ξυνειδότος,
παθεῖν ἅπερ τοῖσδ' ἀρτίως ἠρασάμην.]
ὑμῖν δὲ ταῦτα πάντ' ἐπισκήπτω τελεῖν,
ὑπέρ τ' ἐμαυτοῦ, τοῦ θεοῦ τε, τῆσδέ τε
γῆς ὧδ' ἀκάρπως κἀθέως ἐφθαρμένης.
255 οὐδ' εἰ γὰρ ἦν τὸ πρᾶγμα μὴ θεήλατον,
ἀκάθαρτον ὑμᾶς εἰκὸς ἦν οὕτως ἐᾶν,
ἀνδρός γ' ἀρίστου βασιλέως τ' ὀλωλότος,
ἀλλ' ἐξερευνᾶν· νῦν δ' ἐπεὶ κυρῶ τ' ἐγὼ
ἔχων μὲν ἀρχάς, ἃς ἐκεῖνος εἶχε πρίν,
260 ἔχων δὲ λέκτρα καὶ γυναῖχ' ὁμόσπορον
κοινῶν τε παίδων κοίν' ἄν, εἰ κείνῳ γένος
μὴ 'δυστύχησεν, ἦν ἂν ἐκπεφυκότα –
νῦν δ' ἐς τὸ κείνου κρᾶτ' ἐνήλαθ' ἡ τύχη·
ἀνθ' ὧν ἐγὼ τάδ', ὡσπερεὶ τοὐμοῦ πατρός,
265 ὑπερμαχοῦμαι, κἀπὶ πάντ' ἀφίξομαι
ζητῶν τὸν αὐτόχειρα τοῦ φόνου λαβεῖν
τῷ Λαβδακείῳ παιδὶ Πολυδώρου τε καὶ
τοῦ πρόσθε Κάδμου τοῦ πάλαι τ' Ἀγήνορος.
καὶ ταῦτα τοῖς μὴ δρῶσιν εὔχομαι θεοὺς
270 μήτ' ἄροτον αὐτοῖς γῆς ἀνιέναι τινά,
μήτ' οὖν γυναικῶν παῖδας, ἀλλὰ τῷ πότμῳ
τῷ νῦν φθερεῖσθαι κἄτι τοῦδ' ἐχθίονι.
ὑμῖν δὲ τοῖς ἄλλοισι Καδμείοις, ὅσοις
τάδ' ἔστ' ἀρέσκονθ', ἥ τε σύμμαχος Δίκη
275 χοἰ πάντες εὖ ξυνεῖεν εἰσαεὶ θεοί.

ΧΟΡΟΣ
ὥσπερ μ' ἀραῖον ἔλαβες, ὧδ', ἄναξ, ἐρῶ.

Depreco o executor, quer se esconda
a sós, quer em companhia de muitos,
que sem bens mau passe a vida mal!
Impreco que se fosse em minha casa
250 conviva de lareira com minha ciência
eu sofra as pragas que lancei há pouco.
Incumbo-vos a todos que assim façais
em prol de mim, do Deus e desta terra
tão sem frutos nem Deuses extinguida.
255 Nem se o fato não fosse voz de Deus
seria próprio deixar sem purificação,
quando varão egrégio e rei foi morto,
mas investigar. Ora, porque acontece
que tenho o poder que antes ele teve,
260 tenho o leito e a mulher co-semeada
e comuns filhos em comum teríamos
se a prole dele não tivesse má sorte,
mas a sorte saltou sobre sua cabeça.
Diante disso, eu, qual por meu pai,
265 travarei combate e irei a toda parte
em busca de punir o autor da morte,
pelo filho de Lábdaco, de Polidoro,
de Cadmo prisco e de Agenor prístino.
Para quem não agir peço aos Deuses
270 que nenhum fruto lhes brote da terra
nem filhos das mulheres, mas findem
na sorte de hoje ou numa pior ainda.
Para todos vós outros, cadmeus que
assim estais de acordo, aliada Justiça
275 e Deuses todos sempre estejam bem!

CORO
Qual me imprecaste, senhor, tal direi.

οὔτ' ἔκτανον γὰρ οὔτε τὸν κτανόντ' ἔχω
δεῖξαι. τὸ δὲ ζήτημα τοῦ πέμψαντος ἦν
Φοίβου τόδ' εἰπεῖν ὅστις εἴργασταί ποτε.

ΟΙΔΙΠΟΥΣ

280   δίκαι' ἔλεξας· ἀλλ' ἀναγκάσαι θεοὺς
ἂν μὴ θέλωσιν οὐδ' ⟨ἂν⟩ εἷς δύναιτ' ἀνήρ.

ΧΟΡΟΣ

τὰ δεύτερ' ἐκ τῶνδ' ἂν λέγοιμ' ἁμοί δοκεῖ.

ΟΙΔΙΠΟΥΣ

εἰ καὶ τρίτ' ἐστί, μὴ παρῇς τὸ μὴ οὐ φράσαι.

ΧΟΡΟΣ

ἄνακτ' ἄνακτι ταὔθ' ὁρῶντ' ἐπίσταμαι
285   μάλιστα Φοίβῳ Τειρεσίαν, παρ' οὗ τις ἂν
σκοπῶν τάδ', ὦναξ, ἐκμάθοι σαφέστατα.

ΟΙΔΙΠΟΥΣ

ἀλλ' οὐκ ἐν ἀργοῖς οὐδὲ τοῦτ' ἐπράξαμεν.
ἔπεμψα γὰρ Κρέοντος εἰπόντος διπλοῦς
πομπούς· πάλαι δὲ μὴ παρὼν θαυμάζεται.

ΧΟΡΟΣ

290   καὶ μὴν τά γ' ἄλλα κωφὰ καὶ παλαί' ἔπη.

ΟΙΔΙΠΟΥΣ

τὰ ποῖα ταῦτα; πάντα γὰρ σκοπῶ λόγον.

ΧΟΡΟΣ

θανεῖν ἐλέχθη πρός τινων ὁδοιπόρων.

Eu não matei nem posso indicar quem
o matou. A Febo que enviou a questão
cabia indicar quem foi outrora o autor.

ÉDIPO

280 Falaste com justiça, mas não poderia
varão forçar Deuses ao que não querem.

CORO

Eu diria a segunda após essa opinião.

ÉDIPO

Ainda a terceira, não deixes de dizer.

CORO

Sei que vê o mesmo que senhor Febo
285 senhor Tirésias, de quem, ao inquirir,
senhor, se saberia com a maior clareza.

ÉDIPO

Mas não por inércia não o reivindicamos.
Creonte disse e enviei dois mensageiros;
faz tempo que sua ausência me admira.

CORO

290 Sim, o mais são mudas priscas palavras.

ÉDIPO

Quais são elas? Examino a todas elas.

CORO

Disseram-no morto por uns viajantes.

ΟΙΔΙΠΟΥΣ
    ἤκουσα κἀγώ· τὸν δὲ δρῶντ' οὐδεὶς ὁρᾷ.

ΧΟΡΟΣ
    ἀλλ' εἴ τι μὲν δὴ δείματός γ' ἔχει μέρος
295 τὰς σὰς ἀκούων οὐ μενεῖ τοιάσδ' ἀράς.

ΟΙΔΙΠΟΥΣ
    ᾧ μή 'στι δρῶντι τάρβος, οὐδ' ἔπος φοβεῖ.

ΧΟΡΟΣ
    ἀλλ' οὑξελέγξων νιν πάρεστιν· οἵδε γὰρ
    τὸν θεῖον ἤδη μάντιν ὧδ' ἄγουσιν, ᾧ
    τἀληθὲς ἐμπέφυκεν ἀνθρώπων μόνῳ.

ΟΙΔΙΠΟΥΣ
300 ὦ πάντα νωμῶν Τειρεσία, διδακτά τε
    ἄρρητά τ' οὐράνιά τε καὶ χθονοστιβῆ,
    πόλιν μέν, εἰ καὶ μὴ βλέπεις, φρονεῖς δ' ὅμως
    οἵᾳ νόσῳ σύνεστιν· ἧς σὲ προστάτην
    σωτῆρά τ', ὦναξ, μοῦνον ἐξευρίσκομεν.
305 Φοῖβος γάρ, εἰ καὶ μὴ κλύεις τῶν ἀγγέλων,
    πέμψασιν ἡμῖν ἀντέπεμψεν, ἔκλυσιν
    μόνην ἂν ἐλθεῖν τοῦδε τοῦ νοσήματος,
    εἰ τοὺς κτανόντας Λάιον μαθόντες εὖ
    κτείναιμεν, ἢ γῆς φυγάδας ἐκπεμψαίμεθα.
310 σὺ δ' οὖν φθονήσας μήτ' ἀπ' οἰωνῶν φάτιν
    μήτ' εἴ τιν' ἄλλην μαντικῆς ἔχεις ὁδόν,
    ῥῦσαι σεαυτὸν καὶ πόλιν, ῥῦσαι δ' ἐμέ,
    ῥῦσαι δὲ πᾶν μίασμα τοῦ τεθνηκότος.
    ἐν σοὶ γὰρ ἐσμέν· ἄνδρα δ' ὠφελεῖν ἀφ' ὧν
315 ἔχοι τε καὶ δύναιτο κάλλιστος πόνων.

ÉDIPO

Ouvi também, mas não se vê o autor.

CORO

Mas se ele tem uma fração de medo,
295 não esperará ao te ouvir tais pragas.

ÉDIPO

Se não teme agir, não teme palavras.

CORO

Mas há quem o denunciará, pois estes
já conduzem para cá o divino adivinho,
único mortal em que a verdade floriu.

ÉDIPO

300 Ó Tirésias senhor de todos os saberes
dizíveis, indizíveis, do céu e do chão,
a urbe, ainda que não vejas, percebes
com que distúrbio convive e só em ti,
senhor, avistamos protetor e salvador.
305 Febo, se não o sabes de mensageiros,
respondeu aos nossos enviados que
a única solução deste distúrbio seria
se descobertos os matadores de Laio
matássemos ou baníssemos da terra.
310 Tu, sem nos recusar voz de auspícios
ou se tens outra via de adivinhação,
salva-te a ti mesmo e à urbe, e salva-me,
salva-nos de toda poluência do morto!
Dependemos de ti. É o mais belo ato
315 valer o varão com o que tiver e puder.

ΤΕΙΡΕΣΙΑΣ
φεῦ φεῦ, φρονεῖν ὡς δεινὸν ἔνθα μὴ τέλη
λύῃ φρονοῦντι. ταῦτα γὰρ καλῶς ἐγὼ
εἰδὼς διώλεσ'· οὐ γὰρ ἂν δεῦρ' ἱκόμην.

ΟΙΔΙΠΟΥΣ
τί δ' ἔστιν; ὡς ἄθυμος εἰσελήλυθας.

ΤΕΙΡΕΣΙΑΣ
320 ἄφες μ' ἐς οἴκους· ῥᾷστα γὰρ τὸ σόν τε σὺ
κἀγὼ διοίσω τοὐμόν, ἢν ἐμοὶ πίθῃ.

ΟΙΔΙΠΟΥΣ
οὔτ' ἔννομ' εἶπας οὔτε προσφιλῆ πόλει
τῇδ', ἥ σ' ἔθρεψε, τήνδ' ἀποστερῶν φάτιν.

ΤΕΙΡΕΣΙΑΣ
ὁρῶ γὰρ οὐδὲ σοὶ τὸ σὸν φώνημ' ἰὸν
325 πρὸς καιρόν· ὡς οὖν μηδ' ἐγὼ ταὐτὸν πάθω –

ΟΙΔΙΠΟΥΣ
μή πρὸς θεῶν φρονῶν γ' ἀποστραφῇς, ἐπεὶ
πάντες σε προσκυνοῦμεν οἵδ' ἱκτήριοι.

ΤΕΙΡΕΣΙΑΣ
πάντες γὰρ οὐ φρονεῖτ'. ἐγὼ δ' οὐ μή ποτε
τἄμ', ὡς ἂν εἴπω μὴ τὰ σ', ἐκφήνω κακά.

ΟΙΔΙΠΟΥΣ
330 τί φῄς; ξυνειδὼς οὐ φράσεις, ἀλλ' ἐννοεῖς
ἡμᾶς προδοῦναι καὶ καταφθεῖραι πόλιν;

ΤΕΙΡΕΣΙΑΣ
ἐγὼ οὔτ' ἐμαυτὸν οὔτε σ' ἀλγυνῶ. τί ταῦτ'
ἄλλως ἐλέγχεις; οὐ γὰρ ἂν πύθοιό μου.

TIRÉSIAS
Pheû pheû! Terrível é saber, se quem
sabe não lucra! Eu bem ciente disso
esqueci-me, pois aqui não teria vindo.

ÉDIPO
O que é isso? Tão desanimado vieste!

TIRÉSIAS
320 Deixa-me ir para casa! Mais fácil tu
terás o teu e eu o meu, se me ouvires.

ÉDIPO
Não és lídimo nem amigo desta urbe
que te criou se lhe negas essa palavra.

TIRÉSIAS
Vejo que tua fala não te sai oportuna,
325 então para que eu não sofra o mesmo...

ÉDIPO
Pelos Deuses, se sabes, não te afastes,
pois súplices todos nós te imploramos.

TIRÉSIAS
Todos vós não sabeis. Não revele eu
os meus, para não dizer os teus, males!

ÉDIPO
330 Que dizes? Tu sabes e não dirás e ainda
tens em mente trair-nos e destruir a urbe?

TIRÉSIAS
Eu não me afligirei nem a ti. Por que o
indagas em vão? De mim não saberias.

ΟΙΔΙΠΟΥΣ
οὐκ, ὦ κακῶν κάκιστε, καὶ γὰρ ἂν πέτρου
335 φύσιν σύ γ' ὀργάνειας, ἐξερεῖς ποτέ,
ἀλλ' ὧδ' ἄτεγκτος κἀτελεύτητος φανῇ;

ΤΕΙΡΕΣΙΑΣ
ὀργὴν ἐμέμψω τὴν ἐμήν, τὴν σὴν δ' ὁμοῦ
ναίουσαν οὐ κατεῖδες, ἀλλ' ἐμὲ ψέγεις.

ΟΙΔΙΠΟΥΣ
τίς γὰρ τοιαῦτ' ἂν οὐκ ἂν ὀργίζοιτ' ἔπη
340 κλύων, ἃ νῦν σὺ τήνδ' ἀτιμάζεις πόλιν;

ΤΕΙΡΕΣΙΑΣ
ἥξει γὰρ αὐτά, κἂν ἐγὼ σιγῇ στέγω.

ΟΙΔΙΠΟΥΣ
οὔκουν ἅ γ' ἥξει καὶ σὲ χρὴ λέγειν ἐμοί;

ΤΕΙΡΕΣΙΑΣ
οὐκ ἂν πέρα φράσαιμι. πρὸς τάδ', εἰ θέλεις,
θυμοῦ δι' ὀργῆς ἥτις ἀγριωτάτη.

ΟΙΔΙΠΟΥΣ
345 καὶ μὴν παρήσω γ' οὐδέν, ὡς ὀργῆς ἔχω,
ἅπερ ξυνίημ'. ἴσθι γὰρ δοκῶν ἐμοὶ
καὶ ξυμφυτεῦσαι τοὔργον, εἰργάσθαι θ', ὅσον
μὴ χερσὶ καίνων· εἰ δ' ἐτύγχανες βλέπων,
καὶ τοὔργον ἄν σου τοῦτ' ἔφην εἶναι μόνου.

ΤΕΙΡΕΣΙΑΣ
350 ἄληθες; ἐννέπω σὲ τῷ κηρύγματι

ÉDIPO

    Não dirás, ó pior dos piores? Até pétrea
335 natureza tu enfurecerias! Enfim,
    mas tão duro e cru te mostrarás?

TIRÉSIAS

    Repreendeste o meu ânimo, o teu
    junto a ti não vês, mas me reprovas.

ÉDIPO

    Quem não se enfureceria ao ouvir
340 tais falas com que desonras a urbe?

TIRÉSIAS

    Elas virão, ainda que as vele calado.

ÉDIPO

    E o que virá, não me deves dizê-lo?

TIRÉSIAS

    Nada mais direi. Por isso, se queres,
    enfurece-te com a mais selvagem ira!

ÉDIPO

345 Sim, tão irado estou, nada omitirei
    do que sinto. Sabe que me parece
    que tramaste o ato e fizeste, menos
    matar com as mãos. Se enxergasses,
    eu diria que esse ato é somente teu.

TIRÉSIAS

350 Verdade? Digo que tu te enquadras

ᾧπερ προεῖπας ἐμμένειν, κἀφ' ἡμέρας
τῆς νῦν προσαυδᾶν μήτε τούσδε μήτ' ἐμέ,
ὡς ὄντι γῆς τῆσδ' ἀνοσίῳ μιάστορι.

ΟΙΔΙΠΟΥΣ

οὕτως ἀναιδῶς ἐξεκίνησας τόδε
355 τὸ ῥῆμα; καὶ ποῦ τοῦτο φεύξεσθαι δοκεῖς;

ΤΕΙΡΕΣΙΑΣ

πέφευγα· τἀληθὲς γὰρ ἰσχῦον τρέφω.

ΟΙΔΙΠΟΥΣ

πρὸς τοῦ διδαχθείς; οὐ γὰρ ἔκ γε τῆς τέχνης.

ΤΕΙΡΕΣΙΑΣ

πρὸς σοῦ· σὺ γάρ μ' ἄκοντα προὔτρεψω λέγειν.

ΟΙΔΙΠΟΥΣ

ποῖον λόγον; λέγ' αὖθις, ὡς μᾶλλον μάθω.

ΤΕΙΡΕΣΙΑΣ

360 οὐχὶ ξυνῆκας πρόσθεν; ἢ 'κπειρᾷ †λέγειν†;

ΟΙΔΙΠΟΥΣ

οὐχ ὥστε γ' εἰπεῖν γνωστόν· ἀλλ' αὖθις φράσον.

ΤΕΙΡΕΣΙΑΣ

φονέα σέ φημι τἀνδρὸς οὗ ζητεῖς κυρεῖν.

ΟΙΔΙΠΟΥΣ

ἀλλ' οὔ τι χαίρων δίς γε πημονὰς ἐρεῖς.

ΤΕΙΡΕΣΙΑΣ

εἴπω τι δῆτα κἄλλ', ἵν' ὀργίζῃ πλέον;

> no decreto que fizeste e doravante
> não fales nem com eles nem comigo
> por seres ilícito poluidor desta terra.

ÉDIPO
> Tão descarado proferiste esse dito?
> 355 E onde tu pensas que terás refúgio?

TIRÉSIAS
> Tenho refúgio, nutro verdade forte.

ÉDIPO
> Instruído por quem? Não pela arte!

TIRÉSIAS
> Por ti, fizeste-me falar sem querer.

ÉDIPO
> O quê? Diz de novo! Saiba eu mais!

TIRÉSIAS
> 360 Não entendeste antes? Testas a fala?

ÉDIPO
> Não que diga saber, mas diz de novo!

TIRÉSIAS
> Digo que és o homicida que investigas.

ÉDIPO
> Mas não impune repetirás os insultos.

TIRÉSIAS
> Digo algo mais para que te ires mais?

ΟΙΔΙΠΟΥΣ
365 ὅσον γε χρῄζεις· ὡς μάτην εἰρήσεται.

ΤΕΙΡΕΣΙΑΣ
λεληθέναι σέ φημι σὺν τοῖς φιλτάτοις
αἴσχισθ᾽ ὁμιλοῦντ᾽, οὐδ᾽ ὁρᾶν ἵν᾽ εἶ κακοῦ.

ΟΙΔΙΠΟΥΣ
ἦ καὶ γεγηθὼς ταῦτ᾽ ἀεὶ λέξειν δοκεῖς;

ΤΕΙΡΕΣΙΑΣ
εἴπερ τί γ᾽ ἐστὶ τῆς ἀληθείας σθένος.

ΟΙΔΙΠΟΥΣ
370 ἀλλ᾽ ἔστι, πλὴν σοί· σοὶ δὲ τοῦτ᾽ οὐκ ἔστ᾽, ἐπεὶ
τυφλὸς τά τ᾽ ὦτα τόν τε νοῦν τά τ᾽ ὄμματ᾽ εἶ.

ΤΕΙΡΕΣΙΑΣ
σὺ δ᾽ ἄθλιός γε ταῦτ᾽ ὀνειδίζων, ἃ σοὶ
οὐδεὶς ὃς οὐχὶ τῶνδ᾽ ὀνειδιεῖ τάχα.

ΟΙΔΙΠΟΥΣ
μιᾶς τρέφῃ πρὸς νυκτός, ὥστε μήτ᾽ ἐμὲ
375 μήτ᾽ ἄλλον, ὅστις φῶς ὁρᾷ, βλάψαι ποτ᾽ ἄν.

ΤΕΙΡΕΣΙΑΣ
οὐ γάρ με μοῖρα πρός γ᾽ ἐμοῦ πεσεῖν, ἐπεὶ
ἱκανὸς Ἀπόλλων, ᾧ τάδ᾽ ἐκπρᾶξαι μέλει.

ΟΙΔΙΠΟΥΣ
Κρέοντος, ἢ τοῦ ταῦτα τἀξευρήματα;

ΤΕΙΡΕΣΙΑΣ
Κρέων δέ σοι πῆμ᾽ οὐδέν, ἀλλ᾽ αὐτὸς σὺ σοί.

ÉDIPO
365   Quanto queiras, pois falarás em vão!

TIRÉSIAS
Digo que ignoras teres com os teus
péssimo nexo, não vês que mal tens.

ÉDIPO
Pensas que isso dirás sempre impune?

TIRÉSIAS
Se ainda alguma força há na verdade.

ÉDIPO
370   Há, mas não para ti. Isso tu não tens
porque és cego a ouvir, pensar e ver.

TIRÉSIAS
É triste que faças essa afronta que
todos estes aqui em breve te farão.

ÉDIPO
Só Noite te nutre de modo que não
375   me causes mal nem a quem vê a luz.

TIRÉSIAS
Não é Parte que caias por mim, pois
basta Apolo a quem o cabe cumprir.

ÉDIPO
De Creonte ou de quem é esse invento?

TIRÉSIAS
Teu mal não é Creonte, mas tu mesmo.

ΟΙΔΙΠΟΥΣ
380 ὦ πλοῦτε καὶ τυραννὶ καὶ τέχνη τέχνης
ὑπερφέρουσα, τῷ πολυζήλῳ βίῳ,
ὅσος παρ' ὑμῖν ὁ φθόνος φυλάσσεται,
εἰ τῆσδέ γ' ἀρχῆς οὔνεχ', ἣν ἐμοὶ πόλις
δωρητόν, οὐκ αἰτητόν, εἰσεχείρισεν,
385 ταύτης Κρέων ὁ πιστός, οὑξ ἀρχῆς φίλος,
λάθρᾳ μ' ὑπελθὼν ἐκβαλεῖν ἱμείρεται,
ὑφεὶς μάγον τοιόνδε μηχανορράφον,
δόλιον ἀγύρτην, ὅστις ἐν τοῖς κέρδεσιν
μόνον δέδορκε, τὴν τέχνην δ' ἔφυ τυφλός.
390 ἐπεί φέρ' εἰπέ, ποῦ σὺ μάντις εἶ σαφής;
πῶς οὐχ, ὅθ' ἡ ῥαψῳδὸς ἐνθάδ' ἦν κύων,
ηὔδας τι τοῖσδ' ἀστοῖσιν ἐκλυτήριον;
καίτοι τό γ' αἴνιγμ' οὐχὶ τοὐπιόντος ἦν
ἀνδρὸς διειπεῖν, ἀλλὰ μαντείας ἔδει·
395 ἣν οὔτ' ἀπ' οἰωνῶν σὺ προὐφάνης ἔχων
οὔτ' ἐκ θεῶν του γνωτόν· ἀλλ' ἐγὼ μολών,
ὁ μηδὲν εἰδὼς Οἰδίπους, ἔπαυσά νιν,
γνώμῃ κυρήσας οὐδ' ἀπ' οἰωνῶν μαθών·
ὃν δὴ σὺ πειρᾷς ἐκβαλεῖν, δοκῶν θρόνοις
400 παραστατήσειν τοῖς Κρεοντείοις πέλας.
κλαίων δοκεῖς μοι καὶ σὺ χὡ συνθεὶς τάδε
ἀγηλατήσειν· εἰ δὲ μὴ 'δόκεις γέρων
εἶναι, παθὼν ἔγνως ἄν οἷά περ φρονεῖς.

ΧΟΡΟΣ
ἡμῖν μὲν εἰκάζουσι καὶ τὰ τοῦδ' ἔπη
405 ὀργῇ λελέχθαι καὶ τὰ σ', Οἰδίπου, δοκεῖ.
δεῖ δ' οὐ τοιούτων, ἀλλ' ὅπως τὰ τοῦ θεοῦ
μαντεῖ' ἄριστα λύσομεν, τόδε σκοπεῖν.

ÉDIPO

380 Ó riqueza, realeza e arte superior
à arte na vida por muitos invejada,
quanta inveja convosco se conserva
se por este poder que a urbe a mim
confere concedido, não solicitado,
385 Creonte, leal amigo desde o início,
em sigilo de súbito deseja banir-me
tendo urdido com tal mago ardiloso
doloso falastrão que só nos lucros
tem as vistas e nasceu cego à arte.
390 Vamos, diz onde és adivinho claro!
Quando a cadela cantora estava aqui,
por que não deste à urbe a solução?
O enigma, porém, não era de dizê-lo
quem viesse, mas pedia adivinhação.
395 Não mostraste que a soubesses nem
das aves nem dos Deuses, mas vim,
insciente Édipo, e assim lhe dei fim,
por ter tino, não instruído pelas aves,
e tentas me banir, crendo que terás
400 presença junto ao trono de Creonte.
Parece que em prantos tu e teu cúmplice
banireis o poluente; se não parecesses
velho, ao sofrer saberias que pensar.

CORO

Parece à nossa conjetura que as palavras
405 suas e tuas, Édipo, foram ditas por ira.
Disso não precisamos, mas de avistar
a melhor solução do vaticínio do Deus.

ΤΕΙΡΕΣΙΑΣ
    εἰ καὶ τυραννεῖς, ἐξισωτέον τὸ γοῦν
    ἴσ' ἀντιλέξαι· τοῦδε γὰρ κἀγὼ κρατῶ.
410 οὐ γάρ τι σοὶ ζῶ δοῦλος, ἀλλὰ Λοξίᾳ·
    ὥστ' οὐ Κρέοντος προστάτου γεγράψομαι.
    λέγω δ', ἐπειδὴ καὶ τυφλόν μ' ὠνείδισας·
    σὺ καὶ δέδορκας κοὐ βλέπεις ἵν' εἶ κακοῦ,
    οὐδ' ἔνθα ναίεις, οὐδ' ὅτων οἰκεῖς μέτα–
415 ἆρ' οἶσθ' ἀφ' ὧν εἶ; καὶ λέληθας ἐχθρὸς ὢν
    τοῖς σοῖσιν αὐτοῦ νέρθε κἀπὶ γῆς ἄνω,
    καί σ' ἀμφιπλὴξ μητρός τε κἀπὸ τοῦ πατρὸς
    ἐλᾷ ποτ' ἐκ γῆς τῆσδε δεινόπους ἀρά,
    βλέποντα νῦν μὲν ὄρθ', ἔπειτα δὲ σκότον.
420 βοῆς δὲ τῆς σῆς ποῖος οὐκ ἔσται †λιμήν†,
    ποῖος Κιθαιρὼν οὐχὶ σύμφωνος τάχα,
    ὅταν καταίσθῃ τὸν ὑμέναιον, ὃν δόμοις
    ἄνορμον εἰσέπλευσας, εὐπλοίας τυχών;
    ἄλλων δὲ πλῆθος οὐκ ἐπαισθάνῃ κακῶν,
425 ἅ γ' ἐξαϊστώσει σε σὺν τοῖς σοῖς τέκνοις.
    πρὸς ταῦτα καὶ Κρέοντα καὶ τοὐμὸν στόμα
    προπηλάκιζε. σοῦ γὰρ οὐκ ἔστιν βροτῶν
    κάκιον ὅστις ἐκτριβήσεταί ποτε.

ΟΙΔΙΠΟΥΣ
    ἦ ταῦτα δῆτ' ἀνεκτὰ πρὸς τούτου κλύειν;
430 οὐκ εἰς ὄλεθρον; οὐχὶ θᾶσσον αὖ πάλιν
    ἄψορρος οἴκων τῶνδ' ἀποστραφεὶς ἄπει;

ΤΕΙΡΕΣΙΑΣ
    οὐδ' ἱκόμην ἔγωγ' ἄν, εἰ σὺ μὴ 'κάλεις.

ΟΙΔΙΠΟΥΣ
    οὐ γάρ τί σ' ᾔδη μῶρα φωνήσοντ', ἐπεὶ
    σχολῇ σ' ἂν οἴκους τοὺς ἐμοὺς ἐστειλάμην.

TIRÉSIAS

    Ainda que sejas o rei, a igual resposta
    deve ser igual, pois isso também posso.
410 Não vivo ao teu serviço, mas de Lóxias,
    não me inscrevo na clientela de Creonte.
    Já que me insultas por eu ser cego, digo
    que tens vistas e não vês que mal tens
    nem onde habitas nem com quem vives.
415 Sabes de quem és? Ignoras que és odioso
    aos próprios teus embaixo e sobre a terra
    e da mãe e do teu pai dupla imprecação
    de terríveis pés te perseguirão desta terra,
    tendo agora vistas corretas e depois trevas.
420 Como não há de ser o porto do teu grito?
    Como Citéron em breve não será uníssono
    quando perceberes o himeneu que em casa
    aportaste não oportuno após a boa viagem?
    Não percebes a multidão de outros males
425 que te há de aniquilar a ti e aos teus filhos.
    Por isso, enlameia Creonte e minha boca,
    pois não há nenhum dos varões mortais
    que será destruído de modo pior que tu.

ÉDIPO

    Isso não é mesmo insuportável de ouvir?
430 Não tomarás o rumo da ruína? Não irás
    depressa de volta para longe desta casa?

TIRÉSIAS

    Eu não teria vindo se não me chamasses.

ÉDIPO

    Eu não imaginava que tu dirias tolices,
    senão jamais te chamaria à minha casa.

ΤΕΙΡΕΣΙΑΣ

435 ἡμεῖς τοιοίδ᾽ ἔφυμεν, ὡς μὲν σοὶ δοκεῖ,
μῶροι, γονεῦσι δ᾽, οἵ σ᾽ ἔφυσαν, ἔμφρονες.

ΟΙΔΙΠΟΥΣ

ποίοισι; μεῖνον. τίς δέ μ᾽ ἐκφύει βροτῶν;

ΤΕΙΡΕΣΙΑΣ

ἥδ᾽ ἡμέρα φύσει σε καὶ διαφθερεῖ.

ΟΙΔΙΠΟΥΣ

ὡς πάντ᾽ ἄγαν αἰνικτὰ κἀσαφῆ λέγεις.

ΤΕΙΡΕΣΙΑΣ

440 οὔκουν σὺ ταῦτ᾽ ἄριστος εὑρίσκειν ἔφυς;

ΟΙΔΙΠΟΥΣ

τοιαῦτ᾽ ὀνείδιζ᾽ οἷς ἔμ᾽ εὑρήσεις μέγαν.

ΤΕΙΡΕΣΙΑΣ

αὕτη γε μέντοι σ᾽ ἡ τύχη διώλεσεν.

ΟΙΔΙΠΟΥΣ

ἀλλ᾽ εἰ πόλιν τήνδ᾽ ἐξέσωσ᾽, οὔ μοι μέλει.

ΤΕΙΡΕΣΙΑΣ

ἄπειμι τοίνυν· καὶ σύ, παῖ, κόμιζέ με.

ΟΙΔΙΠΟΥΣ

445 κομιζέτω δῆθ᾽· ὡς παρὼν σύ γ᾽ ἐμποδὼν
ὀχλεῖς, συθείς τ᾽ ἂν οὐκ ἂν ἀλγύναις πλέον.

TIRÉSIAS

435 Tais somos nós, ao que te parece, tolos,
     mas para os pais que te geraram, sábios.

ÉDIPO

     Quem? Espera! Que mortal é meu pai?

TIRÉSIAS

     Eis o dia que te dará à luz e destruirá.

ÉDIPO

     Dizes tudo tão enigmático e obscuro!

TIRÉSIAS

440 Não és tu o melhor em descobrir isso?

ÉDIPO

     Assim insulta no que me verás grande!

TIRÉSIAS

     Essa mesma sorte, porém, te destruiu.

ÉDIPO

     Mas se salvei a urbe, não me importa!

TIRÉSIAS

     Bem, eu me vou! Ó menino, leva-me!

ÉDIPO

445 Que te leve! Tua presença entre os pés
     é estorvo. Indo, não me afligirias mais.

ΤΕΙΡΕΣΙΑΣ
    εἰπὼν ἄπειμ᾽ ὧν οὕνεκ᾽ ἦλθον, οὐ τὸ σὸν
    δείσας πρόσωπον· οὐ γὰρ ἔσθ᾽ ὅπου μ᾽ ὀλεῖς.
    λέγω δέ σοι· τὸν ἄνδρα τοῦτον, ὃν πάλαι
450 ζητεῖς ἀπειλῶν κἀνακηρύσσων φόνον
    τὸν Λαΐειον, οὗτός ἐστιν ἐνθάδε,
    ξένος λόγῳ μέτοικος· εἶτα δ᾽ ἐγγενὴς
    φανήσεται Θηβαῖος, οὐδ᾽ ἡσθήσεται
    τῇ ξυμφορᾷ· τυφλὸς γὰρ ἐκ δεδορκότος
455 καὶ πτωχὸς ἀντὶ πλουσίου ξένην ἔπι
    σκήπτρῳ προδεικνὺς γαῖαν ἐμπορεύσεται.
    φανήσεται δὲ παισὶ τοῖς αὑτοῦ ξυνὼν
    ἀδελφὸς αὑτὸς καὶ πατήρ, κἀξ ἧς ἔφυ
    γυναικὸς υἱὸς καὶ πόσις, καὶ τοῦ πατρὸς
460 ὁμόσπορός τε καὶ φονεύς. καὶ ταῦτ᾽ ἰὼν
    εἴσω λογίζου· κἂν λάβῃς ἐψευσμένον,
    φάσκειν ἔμ᾽ ἤδη μαντικῇ μηδὲν φρονεῖν.

TIRÉSIAS
    Irei após dizer por que vim, sem medo
de teu rosto, pois não podes destruir-me.
Digo-te: esse homem que tanto buscas
450 com ameaças e decretos sobre a morte
de Laio, esse homem está aqui mesmo.
Dito estrangeiro residente, logo nativo
tebano se revelará e não será prazerosa
a circunstância, pois cego após ter visto
455 e mendigo em vez de rico, com o bastão
à frente tateando irá à terra estrangeira.
Ele se revelará dos próprios filhos com
quem convive: irmão e pai, e da mulher
de que nasceu: filho e marido, e do pai:
460 co-semeador e matador. Entra em casa
e pensa nisso! Se me vires em mentira,
diz que eu não sei nada de adivinhação!

ΧΟΡΟΣ

{STR. 1.} τίς ὄντιν' ἁ θεσπιέπει-
α Δελφὶς ἦδε πέτρα
465 ἄρρητ' ἀρρήτων τελέσαν-
τα φοινίαισι χερσίν;
ὥρα νιν ἀελλάδων
ἵππων σθεναρώτερον
φυγᾷ πόδα νωμᾶν.
ἔνοπλος γὰρ ἐπ' αὐτὸν ἐπενθρῴσκει
470 πυρὶ καὶ στεροπαῖς ὁ Διὸς γενέτας,
δειναὶ δ' ἅμ' ἕπονται
Κῆρες ἀναπλάκητοι.

{ANT. 1.} ἔλαμψε γὰρ τοῦ νιφόεν-
τος ἀρτίως φανεῖσα
475 φάμα Παρνασοῦ τὸν ἄδη-
λον ἄνδρα πάντ' ἰχνεύειν.
φοιτᾷ γὰρ ὑπ' ἀγρίαν
ὕλαν ἀνά τ' ἄντρα καὶ
πετραῖος ὁ ταῦρος,
μέλεος μελέῳ ποδὶ χηρεύων,
480 τὰ μεσόμφαλα γᾶς ἀπονοσφίζων
μαντεῖα· τὰ δ' ἀεὶ
ζῶντα περιποτᾶται.

{STR. 2.} δεινά με νῦν, δεινὰ ταράσσει
σοφὸς οἰωνοθέτας,
485 οὔτε δοκοῦντ' οὔτ' ἀποφάσκονθ',
ὅ τι λέξω δ' ἀπορῶ.
πέτομαι δ' ἐλπίσιν οὔτ' ἐνθάδ' ὁρῶν οὔτ' ὀπίσω.

PRIMEIRO ESTÁSIMO (463-511)

CORO

EST. 1 Quem a fatídica pedra
em Delfos diz que fez
465 nefando nefandos atos
com sanguinárias mãos?
É hora de pôr em fuga
o pé mais possante
que procelosos corcéis.
O filho de Zeus o persegue
470 armado de fogo e fulgores,
terríveis lhe fazem séquito
as infalíveis Cisões.

ANT. 1 Brilhou recém-luzida
voz do níveo Parnaso:
475 investigarem todos
o invisível varão.
Por bosque selvagem
e grutas e pedreiras
perambula o touro,
reles com reles pé à sós
480 foge a umbilicais vaticínios
da terra, que sempre vivos
voam ao seu redor.

EST. 2 Terrível ora, terrível esse
hábil áugure me perturba:
485 nem crente nem descrente
não tenho o que dizer.
Esvoaço em esperanças
sem ver aqui nem além.

τί γὰρ ἢ Λαβδακίδαις
490 ἢ τῷ Πολύβου νεῖ-
κος ἔκειτ᾽ οὔτε πάροιθέν
ποτ᾽ ἔγωγ᾽ οὔτε τανῦν πως
ἔμαθον πρὸς ὅτου δὴ
βασάνῳ ⟨– ⏑⏑ –⟩
495 ἐπὶ τὰν ἐπίδαμον
φάτιν εἶμ᾽ Οἰδιπόδα Λαβδακίδαις
ἐπίκουρος ἀδήλων θανάτων.

{ΑΝΤ. 2.} ἀλλ᾽ ὁ μὲν οὖν Ζεὺς ὅ τ᾽ Ἀπόλλων
ξυνετοὶ καὶ τὰ βροτῶν
εἰδότες· ἀνδρῶν δ᾽ ὅτι μάντις
500 πλέον ἢ ᾽γὼ φέρεται,
κρίσις οὐκ ἔστιν ἀληθής·
σοφίᾳ δ᾽ ἂν σοφίαν
παραμείψειεν ἀνήρ.
ἀλλ᾽ οὔποτ᾽ ἔγωγ᾽ ἄν,
505 πρὶν ἴδοιμ᾽ ὀρθὸν ἔπος, μεμ-
φομένων ἂν καταφαίην.
φανερὰ γὰρ ἐπ᾽ αὐτῷ
πτερόεσσ᾽ ἦλθε κόρα
ποτέ, καὶ σοφὸς ὤφθη
510 βασάνῳ θ᾽ ἡδύπολις· τὼς ἀπ᾽ ἐμᾶς
φρενὸς οὔποτ᾽ ὀφλήσει κακίαν.

　　　　　　Entre os Labdácidas
490　　　e o filho de Pólibo
　　　　　　que rixa houvesse
　　　　　　outrora ou hoje
　　　　　　eu nunca soube
　　　　　　nem provas por que eu fosse
495　　　contra a voz pública de Édipo
　　　　　　defender os Labdácidas
　　　　　　de invisíveis mortes.

ANT. 2　Mas Zeus e Apolo são sábios
　　　　　　e sabem dos seres mortais.
　　　　　　Que um vate entre varões
500　　　importe mais do que eu
　　　　　　não é juízo verdadeiro,
　　　　　　por saber em saber
　　　　　　varão se superaria.
　　　　　　Eu não diria nada
505　　　antes de ver a voz
　　　　　　reta se o vituperam.
　　　　　　Visível contra ele
　　　　　　plumosa virgem veio
　　　　　　e sábio se mostrou
510　　　à prova grato à urbe;
　　　　　　dos males não o culpo.

ΚΡΕΩΝ
    ἄνδρες πολῖται, δείν᾽ ἔπη πεπυσμένος
    κατηγορεῖν μου τὸν τύραννον Οἰδίπουν
515 πάρειμ᾽ ἀτλητῶν. εἰ γὰρ ἐν ταῖς ξυμφοραῖς
    ταῖς νῦν δοκεῖ τι πρός γ᾽ ἐμοῦ πεπονθέναι
    λόγοισιν εἴτ᾽ ἔργοισιν εἰς βλάβην φέρον,
    οὔτοι βίου μοι τοῦ μακραίωνος πόθος,
    φέροντι τήνδε βάξιν. οὐ γὰρ εἰς ἁπλοῦν
520 ἡ ζημία μοι τοῦ λόγου τούτου φέρει,
    ἀλλ᾽ ἐς μέγιστον, εἰ κακὸς μὲν ἐν πόλει,
    κακὸς δὲ πρὸς σοῦ καὶ φίλων κεκλήσομαι.

ΧΟΡΟΣ
    ἀλλ᾽ ἦλθε μὲν δὴ τοῦτο τοὔνειδος τάχ᾽ ἄν δ᾽
    ὀργῇ βιασθὲν μᾶλλον ἢ γνώμῃ φρενῶν.

ΚΡΕΩΝ
525 τοὔπος δ᾽ ἐφάνθη ταῖς ἐμαῖς γνώμαις ὅτι
    πεισθεὶς ὁ μάντις τοὺς λόγους ψευδεῖς λέγοι;

ΧΟΡΟΣ
    ηὐδᾶτο μὲν τάδ᾽, οἶδα δ᾽ οὐ γνώμῃ τίνι.

ΚΡΕΩΝ
    ἐξ ὀμμάτων δ᾽ ὀρθῶν τε κἀπ᾽ ὀρθῆς φρενὸς
    κατηγορεῖτο τοὐπίκλημα τοῦτό μου;

ΧΟΡΟΣ
530 οὐκ οἶδ᾽· ἃ γὰρ δρῶσ᾽ οἱ κρατοῦντες οὐχ ὁρῶ.
    [αὐτὸς δ᾽ ὅδ᾽ ἤδη δωμάτων ἔξω περᾷ.]

SEGUNDO EPISÓDIO (513-862)

CREONTE
    Ó vós, cidadãos, ao saber de terríveis
    acusações do rei Édipo contra mim,
515 vim sem suportar. Se nesta presente
    situação ele pensa que de mim sofre
    o dano que for por palavras ou atos,
    eu não desejo mais ter vida longeva
    com esse boato, pois dessa palavra
520 não simples punição me atinge, mas
    máxima, se na urbe for considerado
    malfeitor e por ti e por meus amigos.

CORO
    Talvez esse insulto fosse por força
    de fúria mais que de conhecimento.

CREONTE
525 A palavra declarava que o adivinho
    persuadido por mim disse mentiras?

CORO
    Assim disse, com que tino não sei.

CREONTE
    Ele fez essa acusação contra mim
    com olhar reto e com espírito reto?

CORO
530 Não sei, o que o rei faz não vejo.
    Mas ele mesmo já surge de casa.

ΟΙΔΙΠΟΥΣ
    οὗτος σύ, πῶς δεῦρ' ἦλθες; ἢ τοσόνδ' ἔχεις
    τόλμης πρόσωπον ὥστε τὰς ἐμὰς στέγας
    ἵκου, φονεὺς ὢν τοῦδε τἀνδρὸς ἐμφανῶς
535 λῃστής τ' ἐναργὴς τῆς ἐμῆς τυραννίδος;
    φέρ' εἰπὲ πρὸς θεῶν, δειλίαν ἢ μωρίαν
    ἰδών τιν' ἔν μοι ταῦτ' ἐβουλεύσω ποεῖν;
    ἢ τοὔργον ὡς οὐ γνωριοῖμί σου τόδε
    δόλῳ προσέρπον κοὐκ ἀλεξοίμην μαθών;
540 ἆρ' οὐχὶ μῶρόν ἐστι τοὐγχείρημά σου,
    ἄνευ τε πλούτου καὶ φίλων τυραννίδα
    θηρᾶν, ὃ πλήθει χρήμασίν θ' ἁλίσκεται;

ΚΡΕΩΝ
    οἶσθ' ὡς πόησον; ἀντὶ τῶν εἰρημένων
    ἴσ' ἀντάκουσον, κᾆτα κρῖν' αὐτὸς μαθών.

ΟΙΔΙΠΟΥΣ
545 λέγειν σὺ δεινός, μανθάνειν δ' ἐγὼ κακὸς
    σοῦ· δυσμενῆ γὰρ καὶ βαρύν σ' ηὕρηκ' ἐμοί.

ΚΡΕΩΝ
    τοῦτ' αὐτὸ νῦν μου πρῶτ' ἄκουσον ὡς ἐρῶ.

ΟΙΔΙΠΟΥΣ
    τοῦτ' αὐτὸ μή μοι φράζ', ὅπως οὐκ εἶ κακός.

ΚΡΕΩΝ
    εἴ τοι νομίζεις κτῆμα τὴν αὐθαδίαν
550 εἶναί τι τοῦ νοῦ χωρίς, οὐκ ὀρθῶς φρονεῖς.

ΟΙΔΙΠΟΥΣ
    εἴ τοι νομίζεις ἄνδρα συγγενῆ κακῶς
    δρῶν οὐχ ὑφέξειν τὴν δίκην, οὐκ εὖ φρονεῖς.

ÉDIPO
　　Tu aí, como vens aqui? Tens tanta
　　desfaçatez que vieste à minha casa
　　quando és às claras o meu matador
535　e flagrante ladrão de minha realeza?
　　Diz, por Deuses, covardia ou tolice
　　viste em mim e decidiste agir assim?
　　Crês que eu não perceberia vir doloso
　　o teu ato ou que ciente não repeliria?
540　Ora, não é tolo o teu empreendimento,
　　sem posses nem amigos caçar realeza
　　que se conquista com povo e pecúlio?

CREONTE
　　Sabes que fazer? Em vez desse dito
　　ouve por tua vez e então ciente julga!

ÉDIPO
545　És hábil orador, mas sou mau aluno
　　teu, pois vi que me és hostil e grave.

CREONTE
　　Isso mesmo primeiro me ouve falar!

ÉDIPO
　　Isso mesmo não me negues que és vil!

CREONTE
　　Se consideras um bem a obstinação
550　sem inteligência, não pensas correto.

ÉDIPO
　　Se consideras que lesarás parentes
　　sem topar justiça, não pensas bem.

ΚΡΕΩΝ

    ξύμφημί σοι ταῦτ' ἔνδικ' εἰρῆσθαι· τὸ δὲ
    πάθημ' ὁποῖον φὴς παθεῖν δίδασκέ με.

ΟΙΔΙΠΟΥΣ

555 ἔπειθες, ἢ οὐκ ἔπειθες, ὡς χρείη μ' ἐπὶ
    τὸν σεμνόμαντιν ἄνδρα πέμψασθαί τινα;

ΚΡΕΩΝ

    καὶ νῦν ἔθ' αὑτός εἰμι τῷ βουλεύματι.

ΟΙΔΙΠΟΥΣ

    πόσον τιν' ἤδη δῆθ' ὁ Λάιος χρόνον –

ΚΡΕΩΝ

    δέδρακε ποῖον ἔργον; οὐ γὰρ ἐννοῶ.

ΟΙΔΙΠΟΥΣ

560 ἄφαντος ἔρρει θανασίμῳ χειρώματι;

ΚΡΕΩΝ

    μακροὶ παλαιοί τ' ἂν μετρηθεῖεν χρόνοι.

ΟΙΔΙΠΟΥΣ

    τότ' οὖν ὁ μάντις οὗτος ἦν ἐν τῇ τέχνῃ;

ΚΡΕΩΝ

    σοφός γ' ὁμοίως κἀξ ἴσου τιμώμενος.

ΟΙΔΙΠΟΥΣ

    ἐμνήσατ' οὖν ἐμοῦ τι τῷ τότ' ἐν χρόνῳ;

CREONTE

    Digo que o dizes com justiça, mas
diz-me que injúria pensas ter sofrido.

ÉDIPO

555   Persuadiste ou não me persuadiste
de que consultasse o venerável vate?

CREONTE

    E ainda tenho este mesmo parecer.

ÉDIPO

    Quanto tempo agora já faz que Laio...

CREONTE

    Fez o quê? Eu não estou entendendo.

ÉDIPO

560   Sumiu invisível sob mortífera mão?

CREONTE

    Tempos longos e priscos se mediriam.

ÉDIPO

    Então esse vate já exercia seu ofício?

CREONTE

    Sábio por igual e por igual honrado.

ÉDIPO

    Lembrou algo de mim naquele tempo?

ΚΡΕΩΝ

565   οὔκουν ἐμοῦ γ' ἑστῶτος οὐδαμοῦ πέλας.

ΟΙΔΙΠΟΥΣ

ἀλλ' οὐκ ἔρευναν τοῦ κανόντος ἔσχετε;

ΚΡΕΩΝ

παρέσχομεν, πῶς δ' οὐχί; κοὐκ ἠκούσαμεν.

ΟΙΔΙΠΟΥΣ

πῶς οὖν τόθ' οὗτος ὁ σοφὸς οὐκ ηὔδα τάδε;

ΚΡΕΩΝ

οὐκ οἶδ'· ἐφ' οἷς γὰρ μὴ φρονῶ σιγᾶν φιλῶ.

ΟΙΔΙΠΟΥΣ

570   τοσόνδε γ' οἶσθα καὶ λέγοις ἂν εὖ φρονῶν –

ΚΡΕΩΝ

ποῖον τόδ'; εἰ γὰρ οἶδά γ', οὐκ ἀρνήσομαι.

ΟΙΔΙΠΟΥΣ

ὁθούνεκ', εἰ μὴ σοὶ ξυνῆλθε, τὰς ἐμὰς
οὐκ ἄν ποτ' εἶπεν Λαΐου διαφθοράς.

ΚΡΕΩΝ

εἰ μὲν λέγει τάδ', αὐτὸς οἶσθ'· ἐγὼ δὲ σοῦ
575   μαθεῖν δικαιῶ ταῦθ' ἅπερ κἀμοῦ σὺ νῦν.

ΟΙΔΙΠΟΥΣ

ἐκμάνθαν'· οὐ γὰρ δὴ φονεὺς ἁλώσομαι.

CREONTE

565   Não, enquanto estive presente perto.

ÉDIPO

Mas não investigastes quem matou?

CREONTE

Investigamos, sim. E nada ouvimos.

ÉDIPO

Como isso não disse então o sábio?

CREONTE

Não sei e prefiro calar-me se não sei.

ÉDIPO

570   Tanto sabes e o dirás se pensas bem.

CREONTE

Que é? Se souber, não me negarei.

ÉDIPO

Que se não tivesse tramado contigo
ele não diria nunca que matei Laio.

CREONTE

Se ele disse isso, tu o sabes. É justo
575   eu aprender de ti tal qual tu de mim.

ÉDIPO

Aprende! Não serei pego o matador.

ΚΡΕΩΝ

    τί δῆτ'; ἀδελφὴν τὴν ἐμὴν γήμας ἔχεις;

ΟΙΔΙΠΟΥΣ

    ἄρνησις οὐκ ἔνεστιν ὧν ἀνιστορεῖς.

ΚΡΕΩΝ

    ἄρχεις δ' ἐκείνῃ ταὐτὰ γῆς ἴσον νέμων;

ΟΙΔΙΠΟΥΣ

580   ἂν ᾗ θέλουσα πάντ' ἐμοῦ κομίζεται.

ΚΡΕΩΝ

    οὔκουν ἰσοῦμαι σφῷν ἐγὼ δυοῖν τρίτος;

ΟΙΔΙΠΟΥΣ

    ἐνταῦθα γὰρ δὴ καὶ κακὸς φαίνῃ φίλος.

ΚΡΕΩΝ

    οὔκ, εἰ διδοίης γ' ὡς ἐγὼ σαυτῷ λόγον.
    σκέψαι δὲ τοῦτο πρῶτον, εἴ τιν' ἂν δοκεῖς
585   ἄρχειν ἑλέσθαι ξὺν φόβοισι μᾶλλον ἢ
    ἄτρεστον εὕδοντ', εἰ τά γ' αὔθ' ἕξει κράτη.
    ἐγὼ μὲν οὖν οὔτ' αὐτὸς ἱμείρων ἔφυν
    τύραννος εἶναι μᾶλλον ἢ τύραννα δρᾶν,
    οὔτ' ἄλλος ὅστις σωφρονεῖν ἐπίσταται.
590   νῦν μὲν γὰρ ἐκ σοῦ πάντ' ἄνευ φόβου φέρω,
    εἰ δ' αὐτὸς ἦρχον, πολλὰ κἂν ἄκων ἔδρων.
    πῶς δῆτ' ἐμοὶ τυραννὶς ἡδίων ἔχειν
    ἀρχῆς ἀλύπου καὶ δυναστείας ἔφυ;
    οὔπω τοσοῦτον ἠπατημένος κυρῶ
595   ὥστ' ἄλλα χρῄζειν ἢ τὰ σὺν κέρδει καλά.

CREONTE
Então? Casaste-te com minha irmã?

ÉDIPO
Não há negativa do que me perguntas.

CREONTE
És rei da terra e lhe dás igual poder?

ÉDIPO
580 Tudo o que ela quiser obtém de mim.

CREONTE
Não me igualo a ambos vós, terceiro?

ÉDIPO
Aí é que tu te mostras mau amigo.

CREONTE
Não, se te desses conta, como eu.
Avalia primeiro isto: se te parece
585 que se prefira o poder com pavor
ao bom sono com o mesmo poder.
Eu, pois, não tenho desejo de ser
rei mais do que de agir como rei,
nem outro que saiba pensar bem.
590 Agora tenho de ti tudo sem pavor;
se eu fosse rei, muitas faria coato.
Como realeza me seria mais doce
do que força e poder sem pesares?
Nunca me encontre tão enganado
595 que queira mais que bens profícuos.

νῦν πᾶσι χαίρω, νῦν με πᾶς ἀσπάζεται,
νῦν οἱ σέθεν χρῄζοντες ἐκκαλοῦσί με·
τὸ γὰρ τυχεῖν αὐτοῖσι πᾶν ἐνταῦθ' ἔνι.
πῶς δῆτ' ἐγὼ κεῖν' ἂν λάβοιμ' ἀφεὶς τάδε;
600 [οὐκ ἂν γένοιτο νοῦς κακὸς καλῶς φρονῶν.]
ἀλλ' οὔτ' ἐραστὴς τῆσδε τῆς γνώμης ἔφυν
οὔτ' ἂν μετ' ἄλλου δρῶντος ἂν τλαίην ποτέ.
καὶ τῶνδ' ἔλεγχον τοῦτο μὲν Πυθώδ' ἰὼν
πεύθου τὰ χρησθέντ', εἰ σαφῶς ἤγγειλά σοι·
605 τοῦτ' ἄλλ', ἐάν με τῷ τερασκόπῳ λάβῃς
κοινῇ τι βουλεύσαντα, μή μ' ἁπλῇ κτάνῃς
ψήφῳ, διπλῇ δέ, τῇ τ' ἐμῇ καὶ σῇ, λαβών,
γνώμῃ δ' ἀδήλῳ μή με χωρὶς αἰτιῶ.
οὐ γὰρ δίκαιον οὔτε τοὺς κακοὺς μάτην
610 χρηστοὺς νομίζειν οὔτε τοὺς χρηστοὺς κακούς.
[φίλον γὰρ ἐσθλὸν ἐκβαλεῖν ἴσον λέγω
καὶ τὸν παρ' αὑτῷ βίοτον, ὃν πλεῖστον φιλεῖ.]
ἀλλ' ἐν χρόνῳ γνώσῃ τάδ' ἀσφαλῶς, ἐπεὶ
χρόνος δίκαιον ἄνδρα δείκνυσιν μόνος,
615 κακὸν δὲ κἂν ἐν ἡμέρᾳ γνοίης μιᾷ.

ΧΟΡΟΣ

καλῶς ἔλεξεν εὐλαβουμένῳ πεσεῖν,
ἄναξ· φρονεῖν γὰρ οἱ ταχεῖς οὐκ ἀσφαλεῖς.

ΟΙΔΙΠΟΥΣ

ὅταν ταχύς τις οὑπιβουλεύων λάθρᾳ
χωρῇ, ταχὺν δεῖ κἀμὲ βουλεύειν πάλιν.
620 εἰ δ' ἡσυχάζων προσμενῶ, τὰ τοῦδε μὲν
πεπραγμέν' ἔσται, τἀμὰ δ' ἡμαρτημένα.

ΚΡΕΩΝ

τί δῆτα χρῄζεις; ἦ με γῆς ἔξω βαλεῖν;

Hoje saúdo a todos e todos a mim,
hoje quem precisa de ti fala comigo
e a sua sorte toda está nesse recurso.
Por que eu deixaria isto por aquilo?
600 O tino não seria mau se pensa bem.
Mas nem sou adepto desse pensar
nem suportaria quem agisse assim.
Eis prova disso: indo a Pito indaga
se anunciei clara a resposta do Deus.
605 Eis outra: se me pegares conivente
com o vate, não me mates com um
só voto, mas com dois, meu e teu.
Por não saber claro, não me acuses!
Não é justo nem considerar os bons
610 maus nem considerar os maus bons.
Banir um bom amigo digo ser igual
a banir de si a vida que mais se ama.
Mas a tempo saberás isto certo, pois
somente o tempo mostra o varão justo
615 mas num só dia reconhecerias o mau.

CORO

Para quem se previne de cair diz bem,
ó rei! Rapidez ao pensar não é seguro.

ÉDIPO

Quando rápido conspiram em segredo
devo rápido por minha vez deliberar.
620 Se esperar em repouso, os seus planos
prosperarão e os meus serão frustrados.

CREONTE

O que queres? Banir-me desta terra?

ΟΙΔΙΠΟΥΣ
>   ἥκιστα· θνῄσκειν, οὐ φυγεῖν σε βούλομαι.
>   . . . .

ΚΡΕΩΝ
>   ὅταν προδείξῃς οἷόν ἐστι τὸ φθονεῖν.
>   . . . .

ΟΙΔΙΠΟΥΣ
625   ὡς οὐχ ὑπείξων οὐδὲ πιστεύσων λέγεις;

ΚΡΕΩΝ
>   οὐ γὰρ φρονοῦντά σ' εὖ βλέπω.

ΟΙΔΙΠΟΥΣ
>   τὸ γοῦν ἐμόν.

ΚΡΕΩΝ
>   ἀλλ' ἐξ ἴσου δεῖ κἀμόν.

ΟΙΔΙΠΟΥΣ
>   ἀλλ' ἔφυς κακός.

ΚΡΕΩΝ
>   εἰ δὲ ξυνίης μηδέν;

ΟΙΔΙΠΟΥΣ
>   ἀρκτέον γ' ὅμως.

ΚΡΕΩΝ
>   οὔτοι κακῶς γ' ἄρχοντος.

ΟΙΔΙΠΟΥΣ
>   ὦ πόλις πόλις.

ÉDIPO
Não! Quero sejas morto, não banido.

. . . .

CREONTE
Se mostrares como se pode invejar...

. . . .

ÉDIPO
625   Falas como se sem ceder nem crer?

CREONTE
Não te vejo pensar bem.

ÉDIPO
                    Sim, o meu.

CREONTE
Mas igual deves o meu.

ÉDIPO
                    Mas és vil.

CREONTE
Se não compreendes.

ÉDIPO
                Haja governo!

CREONTE
Não mau governo!

ÉDIPO
                Ó urbe! Urbe!

ΚΡΕΩΝ

630   κἀμοὶ πόλεως μέτεστιν, οὐχὶ σοὶ μόνῳ.

ΧΟΡΟΣ

παύσασθ', ἄνακτες· καιρίαν δ' ὑμῖν ὁρῶ
τήνδ' ἐκ δόμων στείχουσαν Ἰοκάστην, μεθ' ἧς
τὸ νῦν παρεστὸς νεῖκος εὖ θέσθαι χρεών.

ΙΟΚΑΣΤΗ

τί τὴν ἄβουλον, ὦ ταλαίπωροι, στάσιν
635   γλώσσης ἐπήρασθ'; οὐδ' ἐπαισχύνεσθε γῆς
οὕτω νοσούσης ἴδια κινοῦντες κακά;
οὐκ εἶ σύ τ' οἴκους σύ τε, Κρέων, τὰς σὰς στέγας,
καὶ μὴ τὸ μηδὲν ἄλγος ἐς μέγ' οἴσετε;

ΚΡΕΩΝ

ὅμαιμε, δεινά μ' Οἰδίπους ὁ σὸς πόσις
640   δρᾶσαι δικαιοῖ †δυοῖν ἀποκρίνας† κακοῖν,
ἢ γῆς ἀπῶσαι πατρίδος, ἢ κτεῖναι λαβών.

ΟΙΔΙΠΟΥΣ

ξύμφημι· δρῶντα γάρ νιν, ὦ γύναι, κακῶς
εἴληφα τοὐμὸν σῶμα σὺν τέχνῃ κακῇ.

ΚΡΕΩΝ

μὴ νῦν ὀναίμην, ἀλλ' ἀραῖος, εἴ σέ τι
645   δέδρακ', ὀλοίμην, ὧν ἐπαιτιᾷ με δρᾶν.

ΙΟΚΑΣΤΗ

ὦ πρὸς θεῶν πίστευσον, Οἰδίπους, τάδε,
μάλιστα μὲν τόνδ' ὅρκον αἰδεσθεὶς θεῶν,
ἔπειτα κἀμὲ τούσδε θ' οἳ πάρεισί σοι.

CREONTE

630   Também participo da urbe, não só tu.

CORO

Cessai, ó senhores! Vejo que oportuna
para vós ora sai de casa Jocasta, com ela
esta presente rixa deve ser bem avaliada.

JOCASTA

Ó míseros, que imprudente essa dissidência
635   verbal suscitastes? Não vos vexa moverdes
os males próprios em terra tão perturbada?
Não vais para casa, e tu, Creonte, para tua?
Não façais de dor alguma um grande mal!

CREONTE

Ó irmã, terrível teu marido Édipo julga
640   justo escolher dos dois males e fazer-me
ou expulsar da terra ou prender e matar.

ÉDIPO

Concordo! Ó mulher, eu o surpreendi
tramando contra mim com maligna arte.

CREONTE

Que eu não prospere, mas imprecado
645   morra se te fiz algo do que me acusas!

JOCASTA

Por Deuses, Édipo, crê nisto! Respeita
sobretudo este juramento pelos Deuses
e a mim e a estes presentes perante ti!

ΧΟΡΟΣ
{STR.}   πιθοῦ θελήσας φρονή-
650   σας τ', ἄναξ, λίσσομαι –

ΟΙΔΙΠΟΥΣ
         τί σοι θέλεις δῆτ' εἰκάθω;

ΧΟΡΟΣ
         τὸν οὔτε πρὶν νήπιον
         νῦν τ' ἐν ὅρκῳ μέγαν καταίδεσαι.

ΟΙΔΙΠΟΥΣ
         οἶσθ' οὖν ἃ χρῄζεις;

ΧΟΡΟΣ
                             οἶδα.

ΟΙΔΙΠΟΥΣ
                             φράζε δή· τί φῄς;

ΧΟΡΟΣ
655   τὸν ἐναγῆ φίλον μήποτέ σ' αἰτίᾳ
         σὺν ἀφανεῖ λόγων ἄτιμον βαλεῖν.

ΟΙΔΙΠΟΥΣ
         εὖ νυν ἐπίστω, ταῦθ' ὅταν ζητῇς, ἐμοὶ
         ζητῶν ὄλεθρον ἢ φυγὴν ἐκ τῆσδε γῆς.

ΧΟΡΟΣ
660   οὐ τὸν πάντων θεῶν θεὸν πρόμον
         Ἅλιον· ἐπεὶ ἄθεος ἄφιλος ὅ τι πύματον
         ὀλοίμαν, φρόνησιν εἰ τάνδ' ἔχω.

CORO
EST.   Anuente e prudente crê,
650   ó senhor, eu te suplico!

ÉDIPO
    Que queres que eu ceda?

CORO
    Respeita-o antes não tolo,
    mas agora grande na jura!

ÉDIPO
    Sabes o que pedes?

CORO
                    Sei!

ÉDIPO
                    Diz!

CORO
655   Não lances o amigo sob juramento
      nunca em desonra sem clara razão!

ÉDIPO
    Bem sabe que com esse pedido
    tu pedes minha morte ou exílio!

CORO
660   Não, por Sol, o Deus mais à frente
      de todos os Deuses! Se penso isso,
      tenha eu fim sem Deus nem amigo!

665 ἀλλά μοι δυσμόρῳ γᾶ φθίνουσα τρύχει καρδίαν, τάδ' εἰ κακοῖς
προσάψει τοῖς πάλαι τὰ πρὸς σφῷν.

ΟΙΔΙΠΟΥΣ
ὁ δ' οὖν ἴτω, κεἰ χρή με παντελῶς θανεῖν,
670 ἢ γῆς ἄτιμον τῆσδ' ἀπωσθῆναι βίᾳ.
τὸ γὰρ σόν, οὐ τὸ τοῦδ', ἐποικτίρω στόμα
ἐλεινόν· οὗτος δ' ἔνθ' ἂν ᾖ στυγήσεται.

ΚΡΕΩΝ
στυγνὸς μὲν εἴκων δῆλος εἶ, βαρὺς δ' ὅταν
θυμοῦ περάσῃς. αἱ δὲ τοιαῦται φύσεις
675 αὑταῖς δικαίως εἰσὶν ἄλγισται φέρειν.

ΟΙΔΙΠΟΥΣ
οὔκουν μ' ἐάσεις κἀκτὸς εἶ;

ΚΡΕΩΝ
πορεύσομαι,
σοῦ μὲν τυχὼν ἀγνῶτος, ἐν δὲ τοῖσδε σῶς.

ΧΟΡΟΣ
{ΑΝΤ.} γύναι, τί μέλλεις κομί-
ζειν δόμων τόνδ' ἔσω;

ΙΟΚΑΣΤΗ
680 μαθοῦσά γ' ἥτις ἡ τύχη.

ΧΟΡΟΣ
δόκησις ἀγνὼς λόγων
ἦλθε, δάπτει δὲ καὶ τὸ μὴ 'νδικον.

665 Mas a terra moribunda me devasta
infausto, se vindos de ambos vós
males se juntam aos males antigos.

ÉDIPO

Ele se vá, ainda que eu deva morrer
670 ou ir sem honra desta terra à força!
Condói-me tua palavra compassiva,
não dele que onde estiver será odiado.

CREONTE

É claro que cedes com ódio, que pesa
ao passar a fúria. Com justiça oprimem
675 naturezas assim sobretudo a si mesmas.

ÉDIPO

Não me deixarás e não sairás?

CREONTE

                              Irei,
desconhecido para ti, entre eles ileso.

CORO

ANT. Mulher, por que tardas
a conduzi-lo para casa?

JOCASTA

680 Após saber o que se deu.

CORO

Opinião ignara de razões
veio e injustiça ainda rói.

ΙΟΚΑΣΤΗ
    ἀμφοῖν ἀπ' αὐτοῖν;

ΧΟΡΟΣ
                ναίχι.

ΙΟΚΑΣΤΗ
                καὶ τίς ἦν λόγος;

ΧΟΡΟΣ
685   ἅλις ἔμοιγ', ἅλις, γᾶς προνοουμένῳ
    φαίνεται, ἔνθ' ἔληξεν, αὐτοῦ μένειν.

ΟΙΔΙΠΟΥΣ
    ὁρᾷς ἵν' ἥκεις, ἀγαθὸς ὢν γνώμην ἀνήρ,
    τοὐμὸν παριεὶς καὶ καταμβλύνων κέαρ;

ΧΟΡΟΣ
690   ναξ, εἶπον μὲν οὐχ ἅπαξ μόνον,
    ἴσθι δὲ παραφρόνιμον, ἄπορον ἐπὶ φρόνιμα
    πεφάνθαι μ' ἄν, εἴ σ' ἐνοσφιζόμαν,
    ὅς γ' ἐμὰν γᾶν φίλαν ἐν πόνοις
695   ἀλύουσαν κατ' ὀρθὸν οὔρισας,
    τανῦν δ' εὔπομπος αὖ γένοιο.

ΙΟΚΑΣΤΗ
    πρὸς θεῶν δίδαξον κἄμ', ἄναξ, ὅτου ποτὲ
    μῆνιν τοσήνδε πράγματος στήσας ἔχεις.

ΟΙΔΙΠΟΥΣ
700   ἐρῶ· σὲ γὰρ τῶνδ' ἐς πλέον, γύναι, σέβω·
    Κρέοντος, οἷά μοι βεβουλευκὼς ἔχει.

JOCASTA
   Dos dois?

CORO
      Sim!

JOCASTA
         Por quê?

CORO
685   Basta, basta, parece-me ao pensar
      na terra. Que fique lá onde cessou!

ÉDIPO
      Vês aonde vais, o prudente varão,
      se afrouxas e aplacas meu coração?

CORO
690   Senhor, eu disse não uma só vez,
      sabe! Imprudente, ínvio à prudência
      mostrar-me-ia se me afastasse de ti
      que minha terra abalada por males
695   conduziste à prosperidade,
      hoje de novo sê bom guia!

JOCASTA
      Por Deuses, diz-me, senhor, o que
      afinal suscitou em ti tão grande ira?

ÉDIPO
700   Direi; honro-te, mulher, mais que a eles.
      Creonte, que tem tramado contra mim.

ΙΟΚΑΣΤΗ
λέγ', εἰ σαφῶς τὸ νεῖκος ἐγκαλῶν ἐρεῖς.

ΟΙΔΙΠΟΥΣ
φονέα μέ φησὶ Λαΐου καθεστάναι.

ΙΟΚΑΣΤΗ
αὐτὸς ξυνειδώς, ἢ μαθὼν ἄλλου πάρα;

ΟΙΔΙΠΟΥΣ
705 μάντιν μὲν οὖν κακοῦργον ἐσπέμψας, ἐπεὶ
τό γ' εἰς ἑαυτὸν πᾶν ἐλευθεροῖ στόμα.

ΙΟΚΑΣΤΗ
σύ νυν, ἀφεὶς σεαυτὸν ὧν λέγεις πέρι,
ἐμοῦ 'πάκουσον καὶ μάθ' οὕνεκ' ἔστι σοι
βρότειον οὐδὲν μαντικῆς ἔχον τέχνης.
710 φανῶ δέ σοι σημεῖα τῶνδε σύντομα·
χρησμὸς γὰρ ἦλθε Λαΐῳ ποτ', οὐκ ἐρῶ
Φοίβου γ' ἀπ' αὐτοῦ, τῶν δ' ὑπηρετῶν ἄπο,
ὡς αὐτὸν ἥξοι μοῖρα πρὸς παιδὸς θανεῖν,
ὅστις γένοιτ' ἐμοῦ τε κἀκείνου πάρα.
715 καὶ τὸν μέν, ὥσπερ γ' ἡ φάτις, ξένοι ποτὲ
λῃσταὶ φονεύουσ' ἐν τριπλαῖς ἁμαξιτοῖς·
παιδὸς δὲ βλάστας οὐ διέσχον ἡμέραι
τρεῖς, καί νιν ἄρθρα κεῖνος ἐνζεύξας ποδοῖν
ἔρριψεν ἄλλων χερσὶν εἰς ἄβατον ὄρος.
720 κἀνταῦθ' Ἀπόλλων οὔτ' ἐκεῖνον ἤνυσεν
φονέα γενέσθαι πατρὸς οὔτε Λάιον
τὸ δεινὸν οὑφοβεῖτο πρὸς παιδὸς θανεῖν.
τοιαῦτα φῆμαι μαντικαὶ διώρισαν,
ὧν ἐντρέπου σὺ μηδέν· ὧν γὰρ ἂν θεὸς
725 χρείαν ἐρευνᾷ ῥᾳδίως αὐτὸς φανεῖ.

JOCASTA
    Diz, se dirás clara a causa da rixa.

ÉDIPO
    Ele diz que sou o matador de Laio.

JOCASTA
    Ciente por si ou ciente por outrem?

ÉDIPO
705   Enviou-me o maléfico adivinho,
    com o que de todo livra a boca.

JOCASTA
    Absolve-te do que estás dizendo,
    ouve-me e aprende que não há
    mortal dotado de arte divinatória!
710   Eu te darei disso breves indícios.
    Oráculo veio a Laio, não direi
    de Febo mesmo, mas dos servos,
    de que sua Parte seria ser morto
    por filho nascido de mim e dele
715   e, qual se diz, ladrões forasteiros
    em tríplices caminhos o mataram.
    Não há três dias nascido o filho,
    ele o jungiu pelas juntas dos pés
    e por outros expôs em ínvio monte.
720   E Apolo assim não levou adiante
    o filho se tornar matador do pai
    nem Laio ter o que temia do filho.
    Tal definiram divinatórias vozes.
    Não te voltes para elas! Se o Deus
725   tiver necessidade, ele mesmo dirá.

ΟΙΔΙΠΟΥΣ
οἷόν μ᾽ ἀκούσαντ᾽ ἀρτίως ἔχει, γύναι,
ψυχῆς πλάνημα κἀνακίνησις φρενῶν.

ΙΟΚΑΣΤΗ
ποίας μερίμνης τοῦθ᾽ ὑποστραφεὶς λέγεις;

ΟΙΔΙΠΟΥΣ
ἔδοξ᾽ ἀκοῦσαι σοῦ τόδ᾽, ὡς ὁ Λάιος
730 κατασφαγείη πρὸς τριπλαῖς ἁμαξιτοῖς.

ΙΟΚΑΣΤΗ
ηὐδᾶτο γὰρ ταῦτ᾽ οὐδέ πω λήξαντ᾽ ἔχει.

ΟΙΔΙΠΟΥΣ
καὶ ποῦ ᾽σθ᾽ ὁ χῶρος οὗτος οὗ τόδ᾽ ἦν πάθος;

ΙΟΚΑΣΤΗ
Φωκὶς μὲν ἡ γῆ κλῄζεται, σχιστὴ δ᾽ ὁδὸς
ἐς ταὐτὸ Δελφῶν κἀπὸ Δαυλίας ἄγει.

ΟΙΔΙΠΟΥΣ
735 καὶ τίς χρόνος τοῖσδ᾽ ἐστὶν οὑξεληλυθώς;

ΙΟΚΑΣΤΗ
σχεδόν τι πρόσθεν ἢ σὺ τῆσδ᾽ ἔχων χθονὸς
ἀρχὴν ἐφαίνου τοῦτ᾽ ἐκηρύχθη πόλει.

ΟΙΔΙΠΟΥΣ
ὦ Ζεῦ, τί μου δρᾶσαι βεβούλευσαι πέρι;

ΙΟΚΑΣΤΗ
τί δ᾽ ἐστί σοι τοῦτ᾽, Οἰδίπους, ἐνθύμιον;

ÉDIPO

    Que desvario e comoção me têm,
    agora quando te ouvi, ó mulher!

JOCASTA

    Tomado de que aflição dizes isso?

ÉDIPO

    Pareceu-me ouvir de ti que Laio
730 foi abatido nos tríplices caminhos.

JOCASTA

    Assim se dizia e ainda não calou.

ÉDIPO

    Qual é o lugar em que isso se deu?

JOCASTA

    A terra se chama Fócida e dividido
    caminho vem lá de Delfos e Dáulia.

ÉDIPO

735 Quanto tempo passou depois disso?

JOCASTA

    Pouco antes de surgires no poder
    deste solo, isso se anunciou à urbe.

ÉDIPO

    Zeus, que decidiste fazer de mim?

JOCASTA

    O que te inquieta o ânimo, Édipo?

ΟΙΔΙΠΟΥΣ
740 μήπω μ' ἐρώτα· τὸν δὲ Λάιον φύσιν
     τίν' εἷρπε φράζε, τίνα δ' ἀκμὴν ἥβης ἔχων.

ΙΟΚΑΣΤΗ
     μέλας, χνοάζων ἄρτι λευκανθὲς κάρα.
     μορφῆς δὲ τῆς σῆς οὐκ ἀπεστάτει πολύ.

ΟΙΔΙΠΟΥΣ
     οἴμοι τάλας· ἔοικ' ἐμαυτὸν εἰς ἀρὰς
745 δεινὰς προβάλλων ἀρτίως οὐκ εἰδέναι.

ΙΟΚΑΣΤΗ
     πῶς φῄς; ὀκνῶ τοι πρὸς σ' ἀποσκοποῦσ', ἄναξ.

ΟΙΔΙΠΟΥΣ
     δεινῶς ἀθυμῶ μὴ βλέπων ὁ μάντις ᾖ.
     δείξεις δὲ μᾶλλον, ἢν ἓν ἐξείπῃς ἔτι.

ΙΟΚΑΣΤΗ
     καὶ μὴν ὀκνῶ μέν, ἃ δ' ἂν ἔρῃ μαθοῦσ' ἐρῶ.

ΟΙΔΙΠΟΥΣ
750 πότερον ἐχώρει βαιός, ἢ πολλοὺς ἔχων
     ἄνδρας λοχίτας, οἷ' ἀνὴρ ἀρχηγέτης;

ΙΟΚΑΣΤΗ
     πέντ' ἦσαν οἱ ξύμπαντες, ἐν δ' αὐτοῖσιν ἦν
     κῆρυξ· ἀπήνη δ' ἦγε Λάιον μία.

ΟΙΔΙΠΟΥΣ
     αἰαῖ, τάδ' ἤδη διαφανῆ. τίς ἦν ποτε
755 ὁ τούσδε λέξας τοὺς λόγους ὑμῖν, γύναι;

ÉDIPO

740   Não me perguntes ainda, mas diz
que aparência Laio tinha e se jovem.

JOCASTA

Moreno, a cabeça recém-grisalha,
não muito distante de tua figura.

ÉDIPO

Ai de mim! Parece que sem saber
745   lancei contra mim terríveis pragas.

JOCASTA

Que dizes? Temo ao ver, senhor!

ÉDIPO

Eu receio que o vate seja vidente.
Dirás mais, se algo ainda disseres.

JOCASTA

Temo, mas se o sei responderei.

ÉDIPO

750   Ele ia com uma pequena escolta
ou com grande séquito como rei?

JOCASTA

Ao todo eram cinco entre os quais
o arauto e a quadriga levava Laio.

ÉDIPO

Aiaî! Isto já é claro! Quem, afinal,
755   vos disse essas palavras, ó mulher?

ΙΟΚΑΣΤΗ
    οἰκεύς τις, ὅσπερ ἵκετ' ἐκσωθεὶς μόνος.

ΟΙΔΙΠΟΥΣ
    ἦ κἀν δόμοισι τυγχάνει τανῦν παρών;

ΙΟΚΑΣΤΗ
    οὐ δῆτ'· ἀφ' οὗ γὰρ κεῖθεν ἦλθε καὶ κράτη
    σέ τ' εἶδ' ἔχοντα Λάιόν τ' ὀλωλότα,
760 ἐξικέτευσε τῆς ἐμῆς χειρὸς θιγὼν
    ἀγρούς σφε πέμψαι κἀπὶ ποιμνίων νομάς,
    ὡς πλεῖστον εἴη τοῦδ' ἄποπτος ἄστεως.
    κἄπεμψ' ἐγώ νιν· ἄξιος γὰρ, οἷ' ἀνὴρ
    δοῦλος, φέρειν ἦν τῆσδε καὶ μείζω χάριν.

ΟΙΔΙΠΟΥΣ
765 πῶς ἂν μόλοι δῆθ' ἡμὶν ἐν τάχει πάλιν;

ΙΟΚΑΣΤΗ
    πάρεστιν. ἀλλὰ πρὸς τί τοῦτ' ἐφίεσαι;

ΟΙΔΙΠΟΥΣ
    δέδοικ' ἐμαυτόν, ὦ γύναι, μὴ πόλλ' ἄγαν
    εἰρημέν' ᾖ μοι δι' ἅ νιν εἰσιδεῖν θέλω.

ΙΟΚΑΣΤΗ
    ἀλλ' ἵξεται μέν· ἀξία δέ που μαθεῖν
770 κἀγὼ τά γ' ἐν σοὶ δυσφόρως ἔχοντ', ἄναξ.

ΟΙΔΙΠΟΥΣ
    κοὐ μὴ στερηθῇς γ' ἐς τοσοῦτον ἐλπίδων
    ἐμοῦ βεβῶτος. τῷ γὰρ ἂν καὶ κρείσσονι

JOCASTA

Um servo que se salvou e veio só.

ÉDIPO

Ele se encontra ainda hoje em casa?

JOCASTA

Não, pois desde que chegou de lá
e viu que tens o poder e Laio morto,
760   suplicou-me segurando minha mão
enviá-lo aos campos e às pastagens
o mais longe possível desta cidade.
Enviei, pois esse escravo merecia
conseguir essa graça e ainda maior.

ÉDIPO

765   Poderia ele nos vir rápido de volta?

JOCASTA

Poderia. Mas por que desejas isso?

ÉDIPO

Ó mulher, receio que tenha falado
demais de modo que o quero ver.

JOCASTA

Ele virá, mas talvez mereça saber
770   também eu o que te aflige, senhor.

ÉDIPO

Não o ignores, ao tocar eu tal ponto
de expectativa, pois a quem o diria

λέξαιμ᾽ ἂν ἤ σοὶ διὰ τύχης τοιᾶσδ᾽ ἰών·
ἐμοὶ πατὴρ μὲν Πόλυβος ἦν Κορίνθιος,
775 μήτηρ δὲ Μερόπη Δωρίς. ἠγόμην δ᾽ ἀνὴρ
ἀστῶν μέγιστος τῶν ἐκεῖ, πρίν μοι τύχη
τοιάδ᾽ ἐπέστη, θαυμάσαι μὲν ἀξία,
σπουδῆς γε μέντοι τῆς ἐμῆς οὐκ ἀξία.
ἀνὴρ γὰρ ἐν δείπνοις μ᾽ ὑπερπλησθεὶς μέθης
780 καλεῖ παρ᾽ οἴνῳ πλαστὸς ὡς εἴην πατρί.
κἀγὼ βαρυνθεὶς τὴν μὲν οὖσαν ἡμέραν
μόλις κατέσχον, θἠτέρᾳ δ᾽ ἰὼν πέλας
μητρὸς πατρός τ᾽ ἤλεγχον· οἱ δὲ δυσφόρως
τοὔνειδος ἦγον τῷ μεθέντι τὸν λόγον.
785 κἀγὼ τὰ μὲν κείνοιν ἐτερπόμην, ὅμως δ᾽
ἔκνιζέ μ᾽ αἰεὶ τοῦθ᾽· ὑφεῖρπε γὰρ πολύ.
λάθρᾳ δὲ μητρὸς καὶ πατρὸς πορεύομαι
Πυθώδε, καί μ᾽ ὁ Φοῖβος ὧν μὲν ἱκόμην
ἄτιμον ἐξέπεμψεν, ἄλλα δ᾽ ἀθλίῳ
790 καὶ δεινὰ καὶ δύστηνα προὔφανη λέγων,
ὡς μητρὶ μὲν χρείη με μειχθῆναι, γένος δ᾽
ἄτλητον ἀνθρώποισι δηλώσοιμ᾽ ὁρᾶν,
φονεὺς δ᾽ ἐσοίμην τοῦ φυτεύσαντος πατρός.
κἀγὼ 'πακούσας ταῦτα τὴν Κορινθίαν
795 ἄστροις τὸ λοιπὸν τεκμαρούμενος χθόνα
ἔφευγον, ἔνθα μήποτ᾽ ὀψοίμην κακῶν
χρησμῶν ὀνείδη τῶν ἐμῶν τελούμενα.
στείχων δ᾽ ἱκνοῦμαι τούσδε τοὺς χώρους ἐν οἷς
σὺ τὸν τύραννον τοῦτον ὄλλυσθαι λέγεις.
800 καί σοι, γύναι, τἀληθὲς ἐξερῶ. τριπλῆς
ὅτ᾽ ἦ κελεύθου τῆσδ᾽ ὁδοιπορῶν πέλας,
ἐνταῦθά μοι κῆρύξ τε κἀπὶ πωλικῆς
ἀνὴρ ἀπήνης ἐμβεβώς, οἷον σὺ φῄς,
ξυνηντίαζον· κἀξ ὁδοῦ μ᾽ ὅ θ᾽ ἡγεμὼν
805 αὐτός θ᾽ ὁ πρέσβυς πρὸς βίαν ἠλαυνέτην.

melhor do que a ti ao cruzar tal sorte?
Meu pai foi Pólibo de Corinto e mãe
775 Mérope da Dórida. Lá fui considerado
o maior dos cidadãos, antes de sorte
tal me sobrevir, digna de admiração,
não tão digna, porém, de meu empenho.
Num banquete, embriagado, um varão
780 junto do vinho me diz suposto do pai.
Durante aquele dia fiquei acabrunhado
e a custo me contive e no dia seguinte
interroguei a mãe e o pai, que afligidos
repreenderam o que proferiu a palavra.
785 Assim me satisfiz com eles, entretanto
isso sempre me roía e penetrava mais.
Às ocultas da mãe e do pai parti para
Pito e Febo sem honrar o meu intento
despediu-me e revelou outras palavras
790 ao mísero tão terríveis quão horrendas,
que deveria unir-me à mãe, mostraria
aos homens prole insuportável à visão
e seria o matador do pai que me gerou.
Quando isso ouvi, bani-me de Corinto
795 doravante medindo a terra pelos astros
onde eu não visse nunca se cumprirem
as infâmias de meus oráculos malignos.
Caminhando cheguei a esse lugar onde
tu dizes que aquele soberano foi morto.
800 E a ti, mulher, direi a verdade: quando
eu me aproximava do tríplice caminho,
foi aí que o arauto e o varão no carro
puxado por potros, tal qual tu contaste,
deparam-se comigo e para fora da via
805 condutor e ancião à força me repelem.

κἀγὼ τὸν ἐκτρέποντα, τὸν τροχηλάτην,
παίω δι' ὀργῆς· καί μ' ὁ πρέσβυς, ὡς ὁρᾷ,
ὄχους παραστείχοντα τηρήσας, μέσον
κάρα διπλοῖς κέντροισί μου καθίκετο.
810 οὐ μὴν ἴσην γ' ἔτεισεν, ἀλλὰ συντόμως
σκήπτρῳ τυπεὶς ἐκ τῆσδε χειρὸς ὕπτιος
μέσης ἀπήνης εὐθὺς ἐκκυλίνδεται·
κτείνω δὲ τοὺς ξύμπαντας. εἰ δὲ τῷ ξένῳ
τούτῳ προσήκει Λαΐῳ τι συγγενές,
815 τίς τοῦδέ γ' ἀνδρὸς νῦν ἂν ἀθλιώτερος,
τίς ἐχθροδαίμων μᾶλλον ἂν γένοιτ' ἀνήρ,
ὃν μὴ ξένων ἔξεστι μηδ' ἀστῶν τινι
δόμοις δέχεσθαι, μηδὲ προσφωνεῖν τινα,
ὠθεῖν δ' ἀπ' οἴκων; καὶ τάδ' οὔτις ἄλλος ἦν
820 ἢ 'γὼ 'π' ἐμαυτῷ τάσδ' ἀρὰς ὁ προστιθείς.
λέχη δὲ τοῦ θανόντος ἐν χεροῖν ἐμαῖν
χραίνω, δι' ὧνπερ ὤλετ'. ἆρ' ἔφυν κακός;
ἆρ' οὐχὶ πᾶς ἄναγνος; εἴ με χρὴ φυγεῖν,
καί μοι φυγόντι μῆστι τοὺς ἐμοὺς ἰδεῖν
825 μήδ' ἐμβατεῦσαι πατρίδος, ἢ γάμοις με δεῖ
μητρὸς ζυγῆναι καὶ πατέρα κατακτανεῖν,
Πόλυβον, ὃς ἐξέθρεψε κἀξέφυσέ με.
ἆρ' οὐκ ἀπ' ὠμοῦ ταῦτα δαίμονός τις ἂν
κρίνων ἐπ' ἀνδρὶ τῷδ' ἂν ὀρθοίη λόγον;
830 μὴ δῆτα μὴ δῆτ', ὦ θεῶν ἁγνὸν σέβας,
ἴδοιμι ταύτην ἡμέραν, ἀλλ' ἐκ βροτῶν
βαίην ἄφαντος πρόσθεν ἢ τοιάνδ' ἰδεῖν
κηλῖδ' ἐμαυτῷ συμφορᾶς ἀφιγμένην.

ΧΟΡΟΣ
ἡμῖν μέν, ὦναξ, ταῦτ' ὀκνήρ'· ἕως δ' ἂν οὖν
835 πρὸς τοῦ παρόντος ἐκμάθῃς, ἔχ' ἐλπίδα.

Com raiva golpeio o condutor de carro
que me enxotava; o ancião, ao ver isso,
espreitando-me passar ao lado do carro
atingiu-me a cabeça com duplo chicote.
810　Não pagou igual pena, mas em resumo
golpeado com cetro desta mão de súbito
se precipita do meio do carro para trás
e mato a todos. Se esse forasteiro tem
algum parentesco com Laio, quem hoje
815　seria mais atormentado que este varão?
Que mortal teria um Nume mais hostil,
a quem nem forasteiro nem nativo deve
receber em casa, nem dirigir a palavra
mas expulsar de casa? E ninguém mais
820　fez a imprecação senão eu contra mim.
Poluo o tálamo do morto com as mãos
pelas quais sucumbiu. Não sou maligno?
Não sou todo impuro? Se devo banir-me
e a mim banido não é lícito ver os meus
825　nem pôr os pés na pátria ou devo unir-me
em núpcias com a mãe e massacrar o pai
Pólibo que é meu genitor e meu criador.
Ora, não estaria certo quem discernisse
nisso um Nume cruel contra este varão?
830　Não, não, ó pura majestade dos Deuses,
possa eu não ver a luz desse dia, mas
que me vá dos mortais invisível antes
que me veja em conjuntura tão imunda!

CORO

Isso nos dá medo, Senhor, mas até que
835　saibas de quem presente, tem esperança!

ΟΙΔΙΠΟΥΣ
   καὶ μὴν τοσοῦτόν γ' ἐστί μοι τῆς ἐλπίδος,
   τὸν ἄνδρα τὸν βοτῆρα προσμεῖναι μόνον.

ΙΟΚΑΣΤΗ
   πεφασμένου δὲ τίς ποθ' ἡ προθυμία;

ΟΙΔΙΠΟΥΣ
   ἐγὼ διδάξω σ'· ἢν γὰρ εὑρεθῇ λέγων
840 σοὶ ταὔτ', ἔγωγ' ἂν ἐκπεφευγοίην πάθος.

ΙΟΚΑΣΤΗ
   ποῖον δέ μου περισσὸν ἤκουσας λόγον;

ΟΙΔΙΠΟΥΣ
   λῃστὰς ἔφασκες αὐτὸν ἄνδρας ἐννέπειν
   ὥς νιν κατακτείνειαν. εἰ μὲν οὖν ἔτι
   λέξει τὸν αὐτὸν ἀριθμόν, οὐκ ἐγὼ 'κτανον·
845 οὐ γὰρ γένοιτ' ἂν εἷς γε τοῖς πολλοῖς ἴσος·
   εἰ δ' ἄνδρ' ἕν' οἰόζωνον αὐδήσει σαφῶς
   τοῦτ' ἐστὶν ἤδη τοὔργον εἰς ἐμὲ ῥέπον.

ΙΟΚΑΣΤΗ
   ἀλλ' ὡς φανέν γε τοὔπος ὧδ' ἐπίστασο,
   κοὐκ ἔστιν αὐτῷ τοῦτό γ' ἐκβαλεῖν πάλιν·
850 πόλις γὰρ ἤκουσ', οὐκ ἐγὼ μόνη, τάδε.
   εἰ δ' οὖν τι κἀκτρέποιτο τοῦ πρόσθεν λόγου,
   οὔτοι ποτ', ὦναξ, τόν γε Λαΐου φόνον
   φανεῖ δικαίως ὀρθόν, ὅν γε Λοξίας
   διεῖπε χρῆναι παιδὸς ἐξ ἐμοῦ θανεῖν.
855 καίτοι νιν οὐ κεῖνός γ' ὁ δύστηνός ποτε
   κατέκταν', ἀλλ' αὐτὸς πάροιθεν ὤλετο.

ÉDIPO
> Este tanto de esperança deveras tenho,
> tão somente esperar o varão, o pastor.

JOCASTA
> Por que o empenho por essa presença?

ÉDIPO
> Eu te direi: se for descoberto que diz
> 840 o mesmo que tu, estou livre desta dor.

JOCASTA
> Que palavra sem par ouviste de mim?

ÉDIPO
> Disseste que contou que ladrões
> o teriam matado. Se ainda disser
> o mesmo número, eu não matei,
> 845 pois um não seria igual a muitos,
> mas se disser claro um viajante,
> esse ato é já pendente para mim.

JOCASTA
> Mas sabe que assim disse o dito
> e não tem como retirá-lo de volta,
> 850 pois isso a urbe ouviu, não só eu.
> Ainda que mude o que disse antes,
> nunca dirás com justiça, senhor,
> reta a morte de Laio, que Lóxias
> predisse ter que ser por meu filho.
> 855 Entretanto, não o matou jamais
> aquele mísero, mas morreu antes,

ὥστ' οὐχὶ μαντείας γ' ἂν οὔτε τῇδ' ἐγὼ
βλέψαιμ' ἂν οὕνεκ' οὔτε τῇδ' ἂν ὕστερον.

ΟΙΔΙΠΟΥΣ
καλῶς νομίζεις. ἀλλ' ὅμως τὸν ἐργάτην
860   πέμψον τινὰ στελοῦντα μηδὲ τοῦτ' ἀφῇς.

ΙΟΚΑΣΤΗ
πέμψω ταχύνασ'· ἀλλ' ἴωμεν ἐς δόμους.
οὐδὲν γὰρ ἂν πράξαιμ' ἂν ὧν οὐ σοὶ φίλον.

de modo que nunca mais olharei
aqui ou ali por causa de vaticínio.

ÉDIPO

Tens razão. Envia, porém, emissário
860 ao servidor! Que isso não te escape!

JOCASTA

Enviarei rápido. Entremos em casa!
Não faria nada que não te agradasse.

ΧΟΡΟΣ

{STR. 1.} εἴ μοι ξυνείη φέροντι μοῖρα τὰν
εὔσεπτον ἁγνείαν λόγων
865 ἔργων τε πάντων, ὧν νόμοι πρόκεινται
ὑψίποδες, οὐρανίᾳ 'ν
αἰθέρι τεκνωθέντες, ὧν Ὄλυμπος
πατὴρ μόνος, οὐδέ νιν
θνατὰ φύσις ἀνέρων
870 ἔτικτεν, οὐδὲ μήποτε λά-
θα κατακοιμάσῃ·
μέγας ἐν τούτοις θεός, οὐδὲ γηράσκει.

{ANT. 1.} ὕβρις φυτεύει τύραννον· ὕβρις, εἰ
πολλῶν ὑπερπλησθῇ μάταν,
875 ἃ μὴ 'πίκαιρα μηδὲ συμφέροντα,
ἀκρότατα γεῖσ' ἀναβᾶσ'
ἀπότομον ὤρουσεν εἰς ἀνάγκαν
ἔνθ' οὐ ποδὶ χρησίμῳ
χρῆται. τὸ καλῶς δ' ἔχον
880 πόλει πάλαισμα μήποτε λῦ-
σαι θεὸν αἰτοῦμαι.
θεὸν οὐ λήξω ποτὲ προστάταν ἴσχων.

{STR. 2.} εἰ δέ τις ὑπέροπτα χερσὶν
ἢ λόγῳ πορεύεται,
885 Δίκας ἀφόβητος, οὐδὲ
δαιμόνων ἕδη σέβων,
κακά νιν ἕλοιτο μοῖρα,
δυσπότμου χάριν χλιδᾶς,
εἰ μὴ τὸ κέρδος κερδανεῖ δικαίως
890 καὶ τῶν ἀσέπτων ἔρξεται,

SEGUNDO ESTÁSIMO (863-910)

CORO

EST. 1   Permita-me Parte que eu porte
a venerável pureza em todas
865   as falas e atos, cujas leis
altípedes são no fulgor
celeste geradas: seu
único pai é o Olimpo.
Nem natureza mortal
870   de varões as gerou,
nem Latência as tem.
Grande Deus nelas não envelhece.

ANT. 1   A soberba gera o rei: a soberba
se muito se locupleta em vão
875   do inoportuno e do inútil
ao transpor os altos cimos
cai em abrupta coerção
onde não se serve
de pés úteis. Peço
880   que Deus não finde
a boa luta pela urbe.
Não canso de ter Deus por patrono.

EST. 2   A quem avançar soberbo
nos braços e nas palavras
885   sem temer Justiça nem
venerar sedes de Numes,
pegue-o maligna Parte
graças a luxo de mau lance,
a quem lucrar lucro injusto
890   e caminhar por impiedades

       ἢ τῶν ἀθίκτων θίξεται ματᾴζων.
       τίς ἔτι ποτ' ἐν τοῖσδ' ἀνὴρ θυμοῦ βέλη
       τεύξεται ψυχᾶς ἀμύνων;
895 εἰ γὰρ αἱ τοιαίδε πράξεις τίμιαι,
       τί δεῖ με χορεύειν;

{ANT. 2.} οὐκέτι τὸν ἄθικτον εἶμι
       γᾶς ἐπ' ὀμφαλὸν σέβων,
900 οὐδ' ἐς τὸν Ἀβαῖσι ναόν,
       οὐδὲ τὰν Ὀλυμπίαν,
       εἰ μὴ τάδε χειρόδεικτα
       πᾶσιν ἁρμόσει βροτοῖς.
       ἀλλ', ὦ κρατύνων, εἴπερ ὄρθ' ἀκούεις,
       Ζεῦ, πάντ' ἀνάσσων, μὴ λάθοι
905 σὲ τάν τε σὰν ἀθάνατον αἰὲν ἀρχάν.
       φθίνοντα γὰρ ⟨– ∪ – x⟩ Λαΐου
       θέσφατ' ἐξαιροῦσιν ἤδη,
       κοὐδαμοῦ τιμαῖς Ἀπόλλων ἐμφανής·
910 ἔρρει δὲ τὰ θεῖα.

ou em vão tocar o intocável!
Nesse caso quem repelirá
da vida os dardos da ira?
895 Se tais ações têm honras,
por que devo compor coros?

ANT. 2 Não mais irei eu reverente
ao intacto umbigo da terra,
900 nem ao templo de Abas
nem irei mais a Olímpia
se assim não se mostrar
claro a todos os mortais.
Ó rei, se tens reta fama,
Zeus rei de todos, a ti e teu
905 eterno poder não te escape!
Abolidos já se extinguem
priscos vaticínios de Laio.
Honrado não se vê Apolo
910 e as divindades se esvaem.

ΙΟΚΑΣΤΗ
χώρας ἄνακτες, δόξα μοι παρεστάθη
ναοὺς ἱκέσθαι δαιμόνων, τάδ' ἐν χεροῖν
στέφη λαβούσῃ κἀπιθυμιάματα.
ὑψοῦ γὰρ αἴρει θυμὸν Οἰδίπους ἄγαν
915 λύπαισι παντοίαισιν· οὐδ' ὁποῖ' ἀνὴρ
ἔννους τὰ καινὰ τοῖς πάλαι τεκμαίρεται,
ἀλλ' ἔστι τοῦ λέγοντος, ἢν φόβους λέγῃ.
ὅτ' οὖν παραινοῦσ' οὐδὲν ἐς πλέον ποῶ,
πρὸς σ', ὦ Λύκει' Ἄπολλον, ἄγχιστος γὰρ εἶ,
920 ἱκέτις ἀφῖγμαι τοῖσδε σὺν κατεύγμασιν,
ὅπως λύσιν τιν' ἡμὶν εὐαγῆ πόρῃς·
ὡς νῦν ὀκνοῦμεν πάντες ἐκπεπληγμένον
κεῖνον βλέποντες ὡς κυβερνήτην νεώς.

ΑΓΓΕΛΟΣ
ἆρ' ἂν παρ' ὑμῶν, ὦ ξένοι, μάθοιμ' ὅπου
925 τὰ τοῦ τυράννου δώματ' ἐστὶν Οἰδίπου;
μάλιστα δ' αὐτὸν εἴπατ' εἰ κάτισθ' ὅπου.

ΧΟΡΟΣ
στέγαι μὲν αἵδε, καὐτὸς ἔνδον, ὦ ξένε·
γυνὴ δὲ μήτηρ θ' ἥδε τῶν κείνου τέκνων.

ΑΓΓΕΛΟΣ
ἀλλ' ὀλβία τε καὶ ξὺν ὀλβίοις ἀεὶ
930 γένοιτ', ἐκείνου γ' οὖσα παντελὴς δάμαρ.

ΙΟΚΑΣΤΗ
αὔτως δὲ καὶ σύ γ', ὦ ξέν'· ἄξιος γὰρ εἶ
τῆς εὐεπείας οὕνεκ'. ἀλλὰ φράζ' ὅτου
χρῄζων ἀφῖξαι χὤτι σημῆναι θέλων.

TERCEIRO EPISÓDIO (911-1085)

JOCASTA
    Próceres da terra, bem me parece
visitar o templo dos Numes com
guirlandas e oferendas nas mãos.
Édipo ergue o ânimo alto demais
915 com todas as dores; não vê o novo
pelo antigo, qual prudente varão,
mas é de quem diz, se diz temores.
Quando não adianta se o advirto,
a ti, ó Apolo Lício, o mais vizinho,
920 venho suplicar-te com estas preces
que nos dês uma solução favorável,
porque hoje todos tememos ao vê-lo
aturdido quando é o piloto do navio.

PRIMEIRO MENSAGEIRO
    Ora, saberia eu de vós, ó forasteiros,
925 onde é a moradia do soberano Édipo?
Se souberdes, dizei antes onde está!

CORO
    Eis a casa onde ele está, ó forasteiro.
Eis sua mulher e mãe de seus filhos.

PRIMEIRO MENSAGEIRO
    Seja feliz e na companhia de felizes
930 sempre por ser sua esposa completa!

JOCASTA
    Assim sejas também tu, ó forasteiro,
pois tu mereces por tua boa palavra!
Mas diz por que vieste e o que trazes!

ΑΓΓΕΛΟΣ
    ἀγαθὰ δόμοις τε καὶ πόσει τῷ σῷ, γύναι.

ΙΟΚΑΣΤΗ
935   τὰ ποῖα ταῦτα; παρὰ τίνος δ' ἀφιγμένος;

ΑΓΓΕΛΟΣ
    ἐκ τῆς Κορίνθου. τὸ δ' ἔπος οὐξερῶ – τάχα
    ἥδοιο μέν, πῶς δ' οὐκ ἄν; ἀσχάλλοις δ' ἴσως.

ΙΟΚΑΣΤΗ
    τί δ' ἔστι; ποίαν δύναμιν ὧδ' ἔχει διπλῆν;

ΑΓΓΕΛΟΣ
    τύραννον αὐτὸν οὑπιχώριοι χθονὸς
940   τῆς Ἰσθμίας στήσουσιν, ὡς ηὐδᾶτ' ἐκεῖ.

ΙΟΚΑΣΤΗ
    τί δ'; οὐχ ὁ πρέσβυς Πόλυβος ἐγκρατὴς ἔτι;

ΑΓΓΕΛΟΣ
    οὐ δῆτ', ἐπεί νιν θάνατος ἐν τάφοις ἔχει.

ΙΟΚΑΣΤΗ
    πῶς εἶπας; ἦ τέθνηκε⟨ν Οἰδίπου πατήρ⟩;

ΑΓΓΕΛΟΣ
    εἰ μὴ λέγω τἀληθές, ἀξιῶ θανεῖν.

ΙΟΚΑΣΤΗ
945   ὦ πρόσπολ', οὐχὶ δεσπότῃ τάδ' ὡς τάχος
    μολοῦσα λέξεις; ὦ θεῶν μαντεύματα,
    ἵν' ἐστέ. τοῦτον Οἰδίπους πάλαι τρέμων

PRIMEIRO MENSAGEIRO
    Bens para tua casa e marido, mulher!

JOCASTA
935   Que bens são esses e vindos de quem?

PRIMEIRO MENSAGEIRO
    De Corinto. O que direi talvez possa
    agradar, como não? Talvez, afligir.

JOCASTA
    O que é? Como tem o duplo poder?

PRIMEIRO MENSAGEIRO
    Soberano os habitantes da região
940   o farão do Istmo, assim lá se diz.

JOCASTA
    Por quê? O velho Pólibo não mais?

PRIMEIRO MENSAGEIRO
    Não mais, a morte o tem na tumba.

JOCASTA
    Que dizes? O pai de Édipo morreu?

PRIMEIRO MENSAGEIRO
    Se não falo a verdade, devo morrer.

JOCASTA
945   Serva, não irás o mais rápido dizer
    isso ao senhor? Ó oráculos de Deuses,
    onde estais! Édipo outrora temeroso

τὸν ἄνδρ' ἔφευγε μὴ κτάνοι· καὶ νῦν ὅδε
πρὸς τῆς τύχης ὄλωλεν οὐδὲ τοῦδ' ὕπο.

ΟΙΔΙΠΟΥΣ
950 ὦ φίλτατον γυναικὸς Ἰοκάστης κάρα,
τί μ' ἐξεπέμψω δεῦρο τῶνδε δωμάτων;

ΙΟΚΑΣΤΗ
ἄκουε τἀνδρὸς τοῦδε, καὶ σκόπει κλύων
τὰ σέμν' ἵν' ἥκει τοῦ θεοῦ μαντεύματα.

ΟΙΔΙΠΟΥΣ
οὗτος δὲ τίς ποτ' ἐστί καὶ τί μοι λέγει;

ΙΟΚΑΣΤΗ
955 ἐκ τῆς Κορίνθου, πατέρα τὸν σὸν ἀγγελῶν
ὡς οὐκέτ' ὄντα Πόλυβον, ἀλλ' ὀλωλότα.

ΟΙΔΙΠΟΥΣ
τί φής, ξέν'; αὐτός μοι σὺ σημήνας γενοῦ.

ΑΓΓΕΛΟΣ
εἰ τοῦτο πρῶτον δεῖ μ' ἀπαγγεῖλαι σαφῶς,
εὖ ἴσθ' ἐκεῖνον θανάσιμον βεβηκότα.

ΟΙΔΙΠΟΥΣ
960 πότερα δόλοισιν, ἢ νόσου ξυναλλαγῇ;

ΑΓΓΕΛΟΣ
σμικρὰ παλαιὰ σώματ' εὐνάζει ῥοπή.

ΟΙΔΙΠΟΥΣ
νόσοις ὁ τλήμων, ὡς ἔοικεν, ἔφθιτο.

evitava o varão para não o matar, ora
aquele morreu pela sorte, não por ele.

ÉDIPO
950 Ó cabeça caríssima da mulher Jocasta,
por que me chamaste de casa para cá?

JOCASTA
Ouve este varão e ao ouvi-lo examina
onde vão oráculos veneráveis do Deus.

ÉDIPO
Quem, afinal, é ele? E o que me diz?

JOCASTA
955 De Corinto, para anunciar que teu pai
Pólibo não mais está vivo, ele morreu.

ÉDIPO
Que dizes, forasteiro? Di-lo tu mesmo!

PRIMEIRO MENSAGEIRO
Se assim primeiro devo anunciar claro,
bem saibas tu que aquele mortal se foi.

ÉDIPO
960 Por dolo ou por intervenção de doença?

PRIMEIRO MENSAGEIRO
Sob leve peso repousam corpos antigos.

ÉDIPO
O mísero parece que morreu de doença.

ΑΓΓΕΛΟΣ
 καὶ τῷ μακρῷ γε συμμετρούμενος χρόνῳ.

ΟΙΔΙΠΟΥΣ
 φεῦ φεῦ, τί δῆτ' ἄν, ὦ γύναι, σκοποῖτό τις
965 τὴν Πυθόμαντιν ἑστίαν, ἢ τοὺς ἄνω
 κλάζοντας ὄρνεις, ὧν ὑφ' ἡγητῶν ἐγὼ
 κτανεῖν ἔμελλον πατέρα τὸν ἐμόν; ὁ δὲ θανὼν
 κεύθει κάτω δὴ γῆς· ἐγὼ δ' ὅδ' ἐνθάδε
 ἄψαυστος ἔγχους, εἴ τι μὴ τὠμῷ πόθῳ
970 κατέφθιθ'· οὕτω δ' ἂν θανὼν εἴη 'ξ ἐμοῦ.
 τὰ δ' οὖν παρόντα συλλαβὼν θεσπίσματα
 κεῖται παρ' Ἅιδῃ Πόλυβος ἄξι' οὐδενός.

ΙΟΚΑΣΤΗ
 οὔκουν ἐγώ σοι ταῦτα προὔλεγον πάλαι;

ΟΙΔΙΠΟΥΣ
 ηὔδας· ἐγὼ δὲ τῷ φόβῳ παρηγόμην.

ΙΟΚΑΣΤΗ
975 μὴ νῦν ἔτ' αὐτῶν μηδὲν ἐς θυμὸν βάλῃς.

ΟΙΔΙΠΟΥΣ
 καὶ πῶς τὸ μητρὸς λέκτρον οὐκ ὀκνεῖν με δεῖ;

ΙΟΚΑΣΤΗ
 τί δ' ἂν φοβοῖτ' ἄνθρωπος, ᾧ τὰ τῆς τύχης
 κρατεῖ, πρόνοια δ' ἐστὶν οὐδενὸς σαφής;
 εἰκῆ κράτιστον ζῆν, ὅπως δύναιτό τις.
980 σὺ δ' ἐς τὰ μητρὸς μὴ φοβοῦ νυμφεύματα·
 πολλοὶ γὰρ ἤδη κἀν ὀνείρασιν βροτῶν
 μητρὶ ξυνηυνάσθησαν. ἀλλὰ ταῦθ' ὅτῳ
 παρ' οὐδέν ἐστι, ῥᾷστα τὸν βίον φέρει.

PRIMEIRO MENSAGEIRO
E porque mensurado por extenso tempo.

ÉDIPO
Pheû pheû! Mulher, por que indagariam
965 o altar divinatório de Pito, ou as aves
clamorosas do alto, pelas quais devia
eu matar o meu pai? Eis que ele morto
jaz sob a terra, eu aqui sem ter tocado
a lança, se ele não pereceu por minhas
970 saudades: assim teria perecido por mim.
Portanto, junto a Hades jaz Pólibo com
esses oráculos dignos de nenhum valor.

JOCASTA
Não era o que eu te antecipava há muito?

ÉDIPO
Dizias, mas eu estava tomado de pavor.

JOCASTA
975 Não abales mais o ânimo por nada disso!

ÉDIPO
E como não devo temer o leito da mãe?

JOCASTA
Por que temeria o homem, que a sorte
domina e cuja previsão em nada é clara?
O melhor é viver ao léu, como se pode.
980 Não temas tu as núpcias com tua mãe!
Muitos mortais, ainda que nos sonhos,
já se deitaram com a mãe, mas os que
ignoram isso levam melhor a sua vida.

ΟΙΔΙΠΟΥΣ
    καλῶς ἅπαντα ταῦτ' ἂν ἐξείρητό σοι,
985 εἰ μὴ 'κύρει ζῶσ' ἡ τεκοῦσα· νῦν δ' ἐπεὶ
    ζῇ, πᾶσ' ἀνάγκη, κεἰ καλῶς λέγεις, ὀκνεῖν.

ΙΟΚΑΣΤΗ
    καὶ μὴν μέγας ⟨γ'⟩ ὀφθαλμὸς οἱ πατρὸς τάφοι.

ΟΙΔΙΠΟΥΣ
    μέγας, ξυνίημ'· ἀλλὰ τῆς ζώσης φόβος.

ΑΓΓΕΛΟΣ
    ποίας δὲ καὶ γυναικὸς ἐκφοβεῖσθ' ὕπερ;

ΟΙΔΙΠΟΥΣ
990 Μερόπης, γεραιέ, Πόλυβος ἧς ᾤκει μέτα.

ΑΓΓΕΛΟΣ
    τί δ' ἔστ' ἐκείνης ὑμὶν ἐς φόβον φέρον;

ΟΙΔΙΠΟΥΣ
    θεήλατον μάντευμα δεινόν, ὦ ξένε.

ΑΓΓΕΛΟΣ
    ἦ ῥητόν; ἢ οὐ θεμιστὸν ἄλλον εἰδέναι;

ΟΙΔΙΠΟΥΣ
    μάλιστά γ'· εἶπε γάρ με Λοξίας ποτὲ
995 χρῆναι μιγῆναι μητρὶ τἠμαυτοῦ, τό τε
    πατρῷον αἷμα χερσὶ ταῖς ἐμαῖς ἑλεῖν.
    ὧν οὕνεχ' ἡ Κόρινθος ἐξ ἐμοῦ πάλαι
    μακρὰν ἀπῳκεῖτ'· εὐτυχῶς μέν, ἀλλ' ὅμως
    τὰ τῶν τεκόντων ὄμμαθ' ἥδιστον βλέπειν.

ÉDIPO

    Tudo isso estaria bem colocado por ti,
985 se a mãe não vivesse, mas porque vive,
    ainda que fales bem, tenho que temê-la.

JOCASTA

    Grande olho, porém, é a tumba do pai.

ÉDIPO

    Grande, penso, mas o pavor é da viva.

PRIMEIRO MENSAGEIRO

    De que mulher tendes vós tanto pavor?

ÉDIPO

990 De Mérope, ó ancião, esposa de Pólibo.

PRIMEIRO MENSAGEIRO

    O que há nela que vos induza ao pavor?

ÉDIPO

    Um oráculo divino terrível, ó forasteiro.

PRIMEIRO MENSAGEIRO

    Pode-se dizer, ou não é lícito saber?

ÉDIPO

    Pode, sim. Lóxias outrora me disse
995 que devo unir-me à minha mãe e ter
    o sangue paterno nas minhas mãos.
    Por isso Corinto está longe de mim
    há muito; com boa sorte, mas o mais
    doce, porém, é ver os olhos dos pais.

ΑΓΓΕΛΟΣ
1000   ἦ γὰρ τάδ' ὀκνῶν κεῖθεν ἦσθ' ἀπόπτολις;

ΟΙΔΙΠΟΥΣ
πατρός γε χρῄζων μὴ φονεὺς εἶναι, γέρον.

ΑΓΓΕΛΟΣ
τί δῆτ' ἐγὼ οὐχὶ τοῦδε τοῦ φόβου σ', ἄναξ,
ἐπείπερ εὔνους ἦλθον, ἐξελυσάμην;

ΟΙΔΙΠΟΥΣ
καὶ μὴν χάριν γ' ἂν ἀξίαν λάβοις ἐμοῦ.

ΑΓΓΕΛΟΣ
1005   καὶ μὴν μάλιστα τοῦτ' ἀφικόμην, ὅπως
σοῦ πρὸς δόμους ἐλθόντος εὖ πράξαιμί τι.

ΟΙΔΙΠΟΥΣ
ἀλλ' οὔποτ' εἶμι τοῖς φυτεύσασίν γ' ὁμοῦ.

ΑΓΓΕΛΟΣ
ὦ παῖ, καλῶς εἶ δῆλος οὐκ εἰδὼς τί δρᾷς.

ΟΙΔΙΠΟΥΣ
πῶς, ὦ γεραιέ; πρὸς θεῶν, δίδασκέ με.

ΑΓΓΕΛΟΣ
1010   εἰ τῶνδε φεύγεις οὕνεκ' εἰς οἴκους μολεῖν.

ΟΙΔΙΠΟΥΣ
ταρβῶν γε μή μοι Φοῖβος ἐξέλθῃ σαφής.

PRIMEIRO MENSAGEIRO

1000   Por esse temor ficaste longe da urbe?

ÉDIPO

Por não querer matar o pai, ó ancião.

PRIMEIRO MENSAGEIRO

Por que já não te livrei desse pavor,
senhor, pois vim com boa intenção?

ÉDIPO

Sim, e terias de mim digna gratidão.

PRIMEIRO MENSAGEIRO

1005   Sim, eu vim sobretudo por isso, para
estar bem com teu retorno para casa.

ÉDIPO

Mas não irei nunca junto a meus pais.

PRIMEIRO MENSAGEIRO

Filho, claro que não sabes o que fazes.

ÉDIPO

Por que, ancião? Por Deuses, explica-me!

PRIMEIRO MENSAGEIRO

1010   Se por causa disso evitas ir para casa.

ÉDIPO

Por temer que Febo me resulte claro.

ΑΓΓΕΛΟΣ
    ἦ μὴ μίασμα τῶν φυτευσάντων λάβῃς;

ΟΙΔΙΠΟΥΣ
    τοῦτ' αὐτό, πρέσβυ, τοῦτό μ' εἰσαεὶ φοβεῖ.

ΑΓΓΕΛΟΣ
    ἆρ' οἶσθα δῆτα πρὸς δίκης οὐδὲν τρέμων;

ΟΙΔΙΠΟΥΣ
1015   πῶς δ' οὐχί, παῖς γ' εἰ τῶνδε γεννητῶν ἔφυν;

ΑΓΓΕΛΟΣ
    ὁθούνεκ' ἦν σοι Πόλυβος οὐδὲν ἐν γένει.

ΟΙΔΙΠΟΥΣ
    πῶς εἶπας; οὐ γὰρ Πόλυβος ἐξέφυσέ με;

ΑΓΓΕΛΟΣ
    οὐ μᾶλλον οὐδὲν τοῦδε τἀνδρός, ἀλλ' ἴσον.

ΟΙΔΙΠΟΥΣ
    καὶ πῶς ὁ φύσας ἐξ ἴσου τῷ μηδενί;

ΑΓΓΕΛΟΣ
1020   ἀλλ' οὔ σ' ἐγείνατ' οὔτ' ἐκεῖνος οὔτ' ἐγώ.

ΟΙΔΙΠΟΥΣ
    ἀλλ' ἀντὶ τοῦ δὴ παῖδά μ' ὠνομάζετο;

ΑΓΓΕΛΟΣ
    δῶρόν ποτ', ἴσθι, τῶν ἐμῶν χειρῶν λαβών.

PRIMEIRO MENSAGEIRO
    Para não pegares poluência dos pais?

ÉDIPO
    Isso mesmo, velho, isso sempre temo.

PRIMEIRO MENSAGEIRO
    Ora, sabes que não temes por justiça.

ÉDIPO
1015 Como não, se nasci filho destes pais?

PRIMEIRO MENSAGEIRO
    Porque Pólibo não era de tua estirpe.

ÉDIPO
    Que disseste? Pólibo não era meu pai?

PRIMEIRO MENSAGEIRO
    Não mais do que este varão, mas igual.

ÉDIPO
    Como o pai é igual a quem não é nada?

PRIMEIRO MENSAGEIRO
1020 Mas não era teu pai nem ele nem eu.

ÉDIPO
    Mas por que, então, me chamava filho?

PRIMEIRO MENSAGEIRO
    Dom recebido, sabe, de minhas mãos.

OIΔIΠΟΥΣ
     κᾆθ᾽ ὧδ᾽ ἀπ᾽ ἄλλης χειρὸς ἔστερξεν μέγα;

ΑΓΓΕΛΟΣ
     ἡ γὰρ πρὶν αὐτὸν ἐξέπεισ᾽ ἀπαιδία.

ΟΙΔΙΠΟΥΣ
1025 σὺ δ᾽ ἐμπολήσας ἢ τυχών μ᾽ αὐτῷ δίδως;

ΑΓΓΕΛΟΣ
     εὑρὼν ναπαίαις ἐν Κιθαιρῶνος πτυχαῖς.

ΟΙΔΙΠΟΥΣ
     ὡδοιπόρεις δὲ πρὸς τί τούσδε τοὺς τόπους;

ΑΓΓΕΛΟΣ
     ἐνταῦθ᾽ ὀρείοις ποιμνίοις ἐπεστάτουν.

ΟΙΔΙΠΟΥΣ
     ποιμὴν γὰρ ἦσθα κἀπὶ θητείᾳ πλάνης;

ΑΓΓΕΛΟΣ
1030 σοῦ δ᾽, ὦ τέκνον, σωτήρ γε τῷ τότ᾽ ἐν χρόνῳ.

ΟΙΔΙΠΟΥΣ
     τί δ᾽ ἄλγος ἴσχοντ᾽ ἐν κακοῖς με λαμβάνεις;

ΑΓΓΕΛΟΣ
     ποδῶν ἂν ἄρθρα μαρτυρήσειεν τὰ σά.

ΟΙΔΙΠΟΥΣ
     οἴμοι, τί τοῦτ᾽ ἀρχαῖον ἐννέπεις κακόν;

ÉDIPO
	Recebido de mãos alheias, amou tanto?

PRIMEIRO MENSAGEIRO
	Prévia carência de filhos o persuadiu.

ÉDIPO
1025	Comprado ou achado, deste-me a ele?

PRIMEIRO MENSAGEIRO
	Descoberto no vale silvoso do Citéron.

ÉDIPO
	Por que perambulavas por esse lugar?

PRIMEIRO MENSAGEIRO
	Apascentava por lá rebanhos monteses.

ÉDIPO
	Eras pastor e perambulavas por salário?

PRIMEIRO MENSAGEIRO
1030	Teu salvador, ó filho, naquela ocasião.

ÉDIPO
	Tomas-me nas mãos por eu ter que dor?

PRIMEIRO MENSAGEIRO
	Tuas juntas dos pés dariam o testemunho.

ÉDIPO
	Oímoi! Por que falas desse velho mal?

ΑΓΓΕΛΟΣ
λύω σ' ἔχοντα διατόρους ποδοῖν ἀκμάς.

ΟΙΔΙΠΟΥΣ
1035   δεινόν γ' ὄνειδος σπαργάνων ἀνειλόμην.

ΑΓΓΕΛΟΣ
ὥστ' ὠνομάσθης ἐκ τύχης ταύτης ὃς εἶ.

ΟΙΔΙΠΟΥΣ
ὦ πρὸς θεῶν, πρὸς μητρὸς, ἢ πατρός; φράσον.

ΑΓΓΕΛΟΣ
οὐκ οἶδ'· ὁ δοὺς δὲ ταῦτ' ἐμοῦ λῷον φρονεῖ.

ΟΙΔΙΠΟΥΣ
ἦ γὰρ παρ' ἄλλου μ' ἔλαβες οὐδ' αὐτὸς τυχών;

ΑΓΓΕΛΟΣ
1040   οὔκ, ἀλλὰ ποιμὴν ἄλλος ἐκδίδωσί μοι.

ΟΙΔΙΠΟΥΣ
τίς οὗτος; ἦ κάτοισθα δηλῶσαι λόγῳ;

ΑΓΓΕΛΟΣ
τῶν Λαΐου δήπου τις ὠνομάζετο.

ΟΙΔΙΠΟΥΣ
ἦ τοῦ τυράννου τῆσδε γῆς πάλαι ποτέ;

ΑΓΓΕΛΟΣ
μάλιστα· τούτου τἀνδρὸς οὗτος ἦν βοτήρ.

PRIMEIRO MENSAGEIRO
    Soltei tuas pontas dos pés transpassadas.

ÉDIPO
1035 Terrível ultraje esse eu recebi do berço!

PRIMEIRO MENSAGEIRO
    Dessa sorte tu foste nomeado quem és.

ÉDIPO
    Por Deuses, fê-lo a mãe ou o pai? Diz!

PRIMEIRO MENSAGEIRO
    Não sei. Quem deu o sabe mais que eu.

ÉDIPO
    Recebeste-me de outrem, não achaste?

PRIMEIRO MENSAGEIRO
1040 Não, mas outro pastor me fez doação.

ÉDIPO
    Quem é? Sabes mostrar pela palavra?

PRIMEIRO MENSAGEIRO
    Ele se contava, creio, entre os de Laio.

ÉDIPO
    Do que já foi outrora o rei desta terra?

PRIMEIRO MENSAGEIRO
    Sim, era um pastor servo desse varão.

ΟΙΔΙΠΟΥΣ
1045 ἦ κἄστ' ἔτι ζῶν οὗτος, ὥστ' ἰδεῖν ἐμέ;

ΑΓΓΕΛΟΣ
ὑμεῖς γ' ἄριστ' εἰδεῖτ' ἂν οὑπιχώριοι.

ΟΙΔΙΠΟΥΣ
ἔστιν τις ὑμῶν τῶν παρεστώτων πέλας,
ὅστις κάτοιδε τὸν βοτῆρ', ὃν ἐννέπει,
εἴτ' οὖν ἐπ' ἀγρῶν εἴτε κἀνθάδ' εἰσιδών;
1050 σημήναθ', ὡς ὁ καιρὸς ηὑρῆσθαι τάδε.

ΧΟΡΟΣ
οἶμαι μὲν οὐδέν' ἄλλον ἢ τὸν ἐξ ἀγρῶν,
ὃν κἀμάτευες πρόσθεν εἰσιδεῖν· ἀτὰρ
ἥδ' ἂν τάδ' οὐχ ἥκιστ' ἂν Ἰοκάστη λέγοι.

ΟΙΔΙΠΟΥΣ
γύναι, νοεῖς ἐκεῖνον, ὅντιν' ἀρτίως
1055 μολεῖν ἐφιέμεσθα; τόνδ' οὗτος λέγει;

ΙΟΚΑΣΤΗ
τί δ' ὅντιν' εἶπε; μηδὲν ἐντραπῇς. μάτην
ῥηθέντα βούλου μηδὲ μεμνῆσθαι τάδε.

ΟΙΔΙΠΟΥΣ
οὐκ ἂν γένοιτο τοῦθ', ὅπως ἐγὼ λαβὼν
σημεῖα τοιαῦτ' οὐ φανῶ τοὐμὸν γένος.

ΙΟΚΑΣΤΗ
1060 μή πρὸς θεῶν, εἴπερ τι τοῦ σαυτοῦ βίου
κήδῃ, ματεύσῃς τοῦθ'· ἅλις νοσοῦσ' ἐγώ.

ÉDIPO

1045 E ainda vive de modo que eu o veja?

PRIMEIRO MENSAGEIRO

Vós desta região o saberíeis melhor.

ÉDIPO

Há dentre vós aqui presentes alguém
que conheça o pastor de que se trata,
por tê-lo visto nos campos ou aqui?
1050 Dizei, que é a ocasião de saber disto!

CORO

Creio que não seja nenhum outro senão
aquele camponês que antes querias ver.
Mas disto não menos esta Jocasta diria.

ÉDIPO

Mulher, conheces aquele que há pouco
1055 mandamos vir? Aquele de que ele fala?

JOCASTA

O que de quem fala? Não cuides disso!
Não queiras te lembrar de palavras vãs!

ÉDIPO

Isto não seria possível, que ao ter tais
indícios não eu elucide a minha origem.

JOCASTA

1060 Por Deuses, se prezas tua própria vida
não investigues isso! Basta minha dor.

ΟΙΔΙΠΟΥΣ
θάρσει· σὺ μὲν γὰρ οὐδ᾽ ἐὰν τρίτης ἐγὼ
μητρὸς φανῶ τρίδουλος, ἐκφανῇ κακή.

ΙΟΚΑΣΤΗ
ὅμως πιθοῦ μοι, λίσσομαι· μὴ δρᾶ τάδε.

ΟΙΔΙΠΟΥΣ
1065   οὐκ ἂν πιθοίμην μὴ οὐ τάδ᾽ ἐκμαθεῖν σαφῶς.

ΙΟΚΑΣΤΗ
καὶ μὴν φρονοῦσά γ᾽ εὖ τὰ λῷστά σοι λέγω.

ΟΙΔΙΠΟΥΣ
τὰ λῷστα τοίνυν ταῦτά μ᾽ ἀλγύνει πάλαι.

ΙΟΚΑΣΤΗ
ὦ δύσποτμ᾽, εἴθε μήποτε γνοίης ὃς εἶ.

ΟΙΔΙΠΟΥΣ
ἄξει τις ἐλθὼν δεῦρο τὸν βοτῆρά μοι;
1070   ταύτην δ᾽ ἐᾶτε πλουσίῳ χαίρειν γένει.

ΙΟΚΑΣΤΗ
ἰοὺ ἰού, δύστηνε· τοῦτο γάρ σ᾽ ἔχω
μόνον προσειπεῖν, ἄλλο δ᾽ οὔποθ᾽ ὕστερον.

ΧΟΡΟΣ
τί ποτε βέβηκεν, Οἰδίπους, ὑπ᾽ ἀγρίας
ᾄξασα λύπης ἡ γυνή; δέδοιχ᾽ ὅπως
1075   μὴ ᾽κ τῆς σιωπῆς τῆσδ᾽ ἀναρρήξει κακά.

ÉDIPO

Coragem! Nem se me mostrar nascido
três vezes servo, não te mostrarás vil!

JOCASTA

Atende-me, suplico-te: não façais isso!

ÉDIPO

1065 Não atenderia que não o saiba claro.

JOCASTA

Com benevolência digo-te o melhor.

ÉDIPO

Esse melhor, sim, há muito me aflige.

JOCASTA

Ó infeliz, nunca soubesses quem és!

ÉDIPO

Que alguém conduza o pastor para cá!
1070 Deixai que ela se vá com a rica estirpe!

JOCASTA

Ioù ioú, infeliz! Somente essa palavra
posso te dizer e nenhuma outra mais.

CORO

Édipo, por que de um salto a mulher
se foi em feroz aflição? Tenho medo
1075 de que desse silêncio irrompam males.

ΟΙΔΙΠΟΥΣ
    ὁποῖα χρῄζει ῥηγνύτω· τοὐμὸν δ' ἐγώ,
    κεἰ σμικρόν ἐστι, σπέρμ' ἰδεῖν βουλήσομαι.
    αὕτη δ' ἴσως, φρονεῖ γὰρ ὡς γυνὴ μέγα,
    τὴν δυσγένειαν τὴν ἐμὴν αἰσχύνεται.
1080   ἐγὼ δ' ἐμαυτὸν παῖδα τῆς Τύχης νέμων
    τῆς εὖ διδούσης οὐκ ἀτιμασθήσομαι.
    τῆς γὰρ πέφυκα μητρός· οἱ δὲ συγγενεῖς
    μῆνές με μικρὸν καὶ μέγαν διώρισαν.
    τοιόσδε δ' ἐκφὺς οὐκ ἂν ἐξέλθοιμ' ἔτι
1085   ποτ' ἄλλος, ὥστε μὴ 'κμαθεῖν τοὐμὸν γένος.

ÉDIPO
Irrompa como quiser! Minha semente,
ainda que seja pequena, pretendo ver.
Talvez ela por ter soberba de mulher
tenha vergonha de minha origem vil.
1080 Eu, por me considerar filho da Sorte,
da boa doadora, não serei desonrado.
Desta mãe nasci. Os meus congênitos
meses me definiram pequeno e grande.
Assim nascido, não me tornaria jamais
1085 outro de modo a ignorar minha origem.

ΧΟΡΟΣ
{STR.} εἴπερ ἐγὼ μάντις εἰ-
μι καὶ κατὰ γνώμαν ἴδρις,
οὐ τὸν Ὄλυμπον ἀπείρων,
ὦ Κιθαιρών, οὐκ ἔσῃ τὰν αὔριον
1090 πανσέληνον, μὴ οὐ σέ γε τὸν πατριώταν Οἰδίπου
καὶ τροφὸν καὶ ματέρ᾽ αὔξειν,
καὶ χορεύεσθαι πρὸς ἡ-
μῶν ὡς ἐπίηρα φέροντα
1095 τοῖς ἐμοῖς τυράννοις.
ἰήιε Φοῖβε, σοὶ δὲ
ταῦτ᾽ ἀρέστ᾽ εἴη.

{ANT.} τίς σε, τέκνον, τίς σ᾽ ἔτι-
κτε τᾶν μακραιώνων ἄρα
1100 Πανὸς ὀρεσσιβάτα πα-
τρὸς πελασθεῖσ᾽; ἤ σέ γ᾽ εὐνάτειρά τις
Λοξίου; τῷ γὰρ πλάκες ἀγρόνομοι πᾶσαι φίλαι·
εἴθ᾽ ὁ Κυλλάνας ἀνάσσων,
1105 εἴθ᾽ ὁ Βακχεῖος θεὸς
ναίων ἐπ᾽ ἄκρων ὀρέων ⟨ σ᾽ ⟩ εὕ-
ρημα δέξατ᾽ ἔκ του
Νυμφᾶν ἑλικωπίδων, αἷς
πλεῖστα συμπαίζει.

TERCEIRO ESTÁSIMO (1086-1109)

CORO
EST. Se sou um adivinho
perito conhecedor,
por Olimpo, ó Citéron,
amanhã à lua cheia não serás inexperiente
1090 de ser exaltado pátria
nutriz e mãe de Édipo
e cantado em coro
por teus préstimos
1095 aos meus soberanos.
Iè ié, Febo, a ti
isto te seja grato!

ANT. Qual delas, filho, qual
das longevas te gerou
1100 unida ao montívago pai Pã?
Ou amada de Lóxias? Todos os vastos
pastos planos lhe são gratos.
Ou o senhor de Cilene?
1105 Ou o Deus Báquio
assíduo em altos cimos
te recebeu achado
das olhinegras Ninfas
com quem mais brinca?

ΟΙΔΙΠΟΥΣ

1110 εἰ χρή τι κἀμὲ μὴ συναλλάξαντά πω,
πρέσβεις, σταθμᾶσθαι, τὸν βοτῆρ᾽ ὁρᾶν δοκῶ,
ὅνπερ πάλαι ζητοῦμεν. ἔν τε γὰρ μακρῷ
γήρᾳ ξυνᾴδει τῷδε τἀνδρὶ σύμμετρος,
ἄλλως τε τοὺς ἄγοντας ὥσπερ οἰκέτας
1115 ἔγνωκ᾽ ἐμαυτοῦ· τῇ δ᾽ ἐπιστήμῃ σύ μου
προὔχοις τάχ᾽ ἄν που, τὸν βοτῆρ᾽ ἰδὼν πάρος.

ΧΟΡΟΣ

ἔγνωκα γάρ, σάφ᾽ ἴσθι· Λαΐου γὰρ ἦν
εἴπερ τις ἄλλος, πιστὸς ὡς νομεὺς ἀνήρ.

ΟΙΔΙΠΟΥΣ

σὲ πρῶτ᾽ ἐρωτῶ, τὸν Κορίνθιον ξένον,
ἦ τόνδε φράζεις;

ΑΓΓΕΛΟΣ

1120   τοῦτον, ὅνπερ εἰσορᾷς.

ΟΙΔΙΠΟΥΣ

οὗτος σύ, πρέσβυ, δεῦρό μοι φώνει βλέπων
ὅσ᾽ ἄν σ᾽ ἐρωτῶ. Λαΐου ποτ᾽ ἦσθα σύ;

ΘΕΡΑΠΩΝ

ἦ, δοῦλος οὐκ ὠνητός, ἀλλ᾽ οἴκοι τραφείς.

ΟΙΔΙΠΟΥΣ

ἔργον μεριμνῶν ποῖον ἢ βίον τίνα;

QUARTO EPISÓDIO (1110-1185)

ÉDIPO

1110 Se devo conjecturar sem contacto
nenhum ainda, ó velhos, creio ver
o pastor que há muito buscamos.
Por sua longa velhice consoa com
este varão e aliás reconheço meus
1115 servos guias. Talvez me superasses
em ciência, que viste o pastor antes.

CORO

Reconheço, sabe claro, era de Laio
um pastor fiel como ninguém mais.

ÉDIPO

Forasteiro coríntio, indago-te antes
se falavas deste.

PRIMEIRO MENSAGEIRO
1120   Desse que tu vês.

ÉDIPO

Tu, ó velho, olha para mim e diz-me
o que te indago. Eras servo de Laio?

SERVO

Era: não comprado, criado em casa.

ÉDIPO

Cuidas de que fazer ou de que vida?

ΘΕΡΑΠΩΝ
1125 ποίμναις τὰ πλεῖστα τοῦ βίου συνειπόμην.

ΟΙΔΙΠΟΥΣ
χώροις μάλιστα πρὸς τίσιν ξύναυλος ὤν;

ΘΕΡΑΠΩΝ
ἦν μὲν Κιθαιρών, ἦν δὲ πρόσχωρος τόπος.

ΟΙΔΙΠΟΥΣ
τὸν ἄνδρα τόνδ' οὖν οἶσθα τῇδέ που μαθών;

ΘΕΡΑΠΩΝ
τί χρῆμα δρῶντα; ποῖον ἄνδρα καὶ λέγεις;

ΟΙΔΙΠΟΥΣ
1130 τόνδ' ὃς πάρεστιν· ἢ ξυνήλλαξας τί πω;

ΘΕΡΑΠΩΝ
οὐχ ὥστε γ' εἰπεῖν ἐν τάχει μνήμης ὕπο.

ΑΓΓΕΛΟΣ
κοὐδέν γε θαῦμα, δέσποτ'. ἀλλ' ἐγὼ σαφῶς
ἀγνῶτ' ἀναμνήσω νιν. εὖ γὰρ οἶδ' ὅτι
κάτοιδεν ἦμος τὸν Κιθαιρῶνος τόπον
1135 ὁ μὲν διπλοῖσι ποιμνίοις, ἐγὼ δ' ἑνὶ
[KENNEDY] ᾠκοῦμεν ἄμφω κατὰ νομὰς ἀλώμενοι
ἐπλησίαζον τῷδε τἀνδρὶ τρεῖς ὅλους
ἐξ ἦρος εἰς ἀρκτοῦρον ἐκμήνους χρόνους·
χειμῶνι δ' ἤδη τἀμά τ' εἰς ἔπαυλ' ἐγὼ
ἤλαυνον οὗτός τ' ἐς τὰ Λαΐου σταθμά.
1140 λέγω τι τούτων, ἢ οὐ λέγω πεπραγμένον;

SERVO

1125   A vida toda segui com os rebanhos.

ÉDIPO

Quais lugares tu frequentavas mais?

SERVO

Ora era Citéron, ora era lugar perto.

ÉDIPO

Sabes se já viste este varão algures?

SERVO

O que fazia? E de que varão tu falas?

ÉDIPO

1130   Deste aqui. Já estiveste junto com ele?

SERVO

Não que possa dizer logo de memória.

PRIMEIRO MENSAGEIRO

Não me admira, senhor! Mas lembrarei
com clareza o ignorado; eu bem sei que
ele sabe de quando na região do Citéron
1135   ele com dois rebanhos, eu com um só
[KENNEDY] vivemos ambos vagando pelas pastagens,
estava próximo deste varão três inteiros
semestres desde a primavera até Arcturo.
No inverno eu levava os meus aos redis,
ele levava os seus aos estábulos de Laio.
1140   Digo verdade, ou não digo o acontecido?

ΘΕΡΑΠΩΝ
λέγεις ἀληθῆ, καίπερ ἐκ μακροῦ χρόνου.

ΑΓΓΕΛΟΣ
φέρ' εἰπὲ νῦν, τότ' οἶσθα παῖδά μοί τινα
δούς, ὡς ἐμαυτῷ θρέμμα θρεψαίμην ἐγώ;

ΘΕΡΑΠΩΝ
τί δ' ἔστι; πρὸς τί τοῦτο τοὔπος ἱστορεῖς;

ΑΓΓΕΛΟΣ
1145 ὅδ' ἐστίν, ὦ τᾶν, κεῖνος ὃς τότ' ἦν νέος.

ΘΕΡΑΠΩΝ
οὐκ εἰς ὄλεθρον; οὐ σιωπήσας ἔσῃ;

ΟΙΔΙΠΟΥΣ
ἆ, μὴ κόλαζε, πρέσβυ, τόνδ', ἐπεὶ τὰ σὰ
δεῖται κολαστοῦ μᾶλλον ἢ τὰ τοῦδ' ἔπη.

ΘΕΡΑΠΩΝ
τί δ', ὦ φέριστε δεσποτῶν, ἁμαρτάνω;

ΟΙΔΙΠΟΥΣ
1150 οὐκ ἐννέπων τὸν παῖδ' ὃν οὗτος ἱστορεῖ.

ΘΕΡΑΠΩΝ
λέγει γὰρ εἰδὼς οὐδέν, ἀλλ' ἄλλως πονεῖ.

ΟΙΔΙΠΟΥΣ
σὺ πρὸς χάριν μὲν οὐκ ἐρεῖς, κλαίων δ' ἐρεῖς.

SERVO
    Dizes verdade, apesar de longo tempo.

PRIMEIRO MENSAGEIRO
    Diz então, sabes que outrora me deste
    um menino para criar em minha casa?

SERVO
    O que é? Por que perguntas sobre isso?

PRIMEIRO MENSAGEIRO
1145 Meu caro, este é o menino de outrora.

SERVO
    Vai te danar! Não ficarás em silêncio?

ÉDIPO
    Não o punas, velho, pois tuas palavras
    merecem punição mais do que as dele.

SERVO
    Ó meu bom amo, qual é a minha falta?

ÉDIPO
1150 Não falar do menino de que ele indaga.

SERVO
    Ele fala sem saber, mas peleja em vão.

ÉDIPO
    Não dirás por bem, mas dirás por mal.

ΘΕΡΑΠΩΝ
     μὴ δῆτα, πρὸς θεῶν, τὸν γέροντά μ' αἰκίσῃ.

ΟΙΔΙΠΟΥΣ
     οὐχ ὡς τάχος τις τοῦδ' ἀποστρέψει χέρας;

ΘΕΡΑΠΩΝ
1155 δύστηνος, ἀντὶ τοῦ; τί προσχρῄζεις μαθεῖν;

ΟΙΔΙΠΟΥΣ
     τὸν παῖδ' ἔδωκας τῷδ' ὃν οὗτος ἱστορεῖ;

ΘΕΡΑΠΩΝ
     ἔδωκ'· ὀλέσθαι δ' ὤφελον τῇδ' ἡμέρᾳ.

ΟΙΔΙΠΟΥΣ
     ἀλλ' ἐς τόδ' ἥξεις μὴ λέγων γε τοὔνδικον.

ΘΕΡΑΠΩΝ
     πολλῷ γε μᾶλλον, ἢν φράσω, διόλλυμαι.

ΟΙΔΙΠΟΥΣ
1160 ἁνὴρ ὅδ', ὡς ἔοικεν, ἐς τριβὰς ἐλᾷ.

ΘΕΡΑΠΩΝ
     οὐ δῆτ' ἔγωγ', ἀλλ' εἶπον ὡς δοίην πάλαι.

ΟΙΔΙΠΟΥΣ
     πόθεν λαβών; οἰκεῖον, ἢ 'ξ ἄλλου τινός;

ΘΕΡΑΠΩΝ
     ἐμὸν μὲν οὐκ ἔγωγ', ἐδεξάμην δέ του.

SERVO

    Por Deuses, não me maltrates já velho.

ÉDIPO

    Alguém não lhe torcerá logo os braços?

SERVO

1155 Por que, infeliz? O que tu queres saber?

ÉDIPO

    Tu lhe deste o menino de que ele indaga?

SERVO

    Dei. Quisera eu ter morrido naquele dia!

ÉDIPO

    Mas assim farás se não disseres o justo.

SERVO

    Se eu disser, estou muito mais perdido.

ÉDIPO

1160 Este varão, ao que parece, ganha tempo.

SERVO

    Eu não, mas há muito já disse que dei.

ÉDIPO

    Donde tiraste? De casa? Ou de outrem?

SERVO

    Meu não era, eu o recebi de alguém.

ΟΙΔΙΠΟΥΣ
    τίνος πολιτῶν τῶνδε κἀκ ποίας στέγης;

ΘΕΡΑΠΩΝ
1165 μὴ πρὸς θεῶν, μή, δέσποθ', ἱστόρει πλέον.

ΟΙΔΙΠΟΥΣ
    ὄλωλας, εἴ σε ταῦτ' ἐρήσομαι πάλιν.

ΘΕΡΑΠΩΝ
    τῶν Λαΐου τοίνυν τις ἦν †γεννημάτων†.

ΟΙΔΙΠΟΥΣ
    ἦ δοῦλος, ἢ κείνου τις ἐγγενὴς γεγώς;

ΘΕΡΑΠΩΝ
    οἴμοι, πρὸς αὐτῷ γ' εἰμὶ τῷ δεινῷ λέγειν.

ΟΙΔΙΠΟΥΣ
1170 κἄγωγ' ἀκούειν· ἀλλ' ὅμως ἀκουστέον.

ΘΕΡΑΠΩΝ
    κείνου γέ τοι δὴ παῖς ἐκλῄζεθ'· ἡ δ' ἔσω
    κάλλιστ' ἂν εἴποι σὴ γυνὴ τάδ' ὡς ἔχει.

ΟΙΔΙΠΟΥΣ
    ἦ γὰρ δίδωσιν ἥδε σοι;

ΘΕΡΑΠΩΝ
                    μάλιστ', ἄναξ.

ΟΙΔΙΠΟΥΣ
    ὡς πρὸς τί χρείας;

ÉDIPO
De qual destes cidadãos e de que casa?

SERVO
1165   Por Deuses, senhor, não indagues mais!

ÉDIPO
Estás morto, se te pergunto isso de novo.

SERVO
Então, era alguém que pertencia a Laio.

ÉDIPO
Era servo? Ou alguém da família dele?

SERVO
Oímoi! Estou diante do pavor de dizer.

ÉDIPO
1170   E eu, de ouvir; todavia tenho de ouvir.

SERVO
Dele mesmo se dizia o filho, mas dentro
tua mulher melhor diria como acontece.

ÉDIPO
Ela te fez a doação?

SERVO
                    Fez, sim, senhor!

ÉDIPO
Com que intuito?

ΘΕΡΑΠΩΝ
                ὡς ἀναλώσαιμί νιν.

ΟΙΔΙΠΟΥΣ
   τεκοῦσα τλήμων;

ΘΕΡΑΠΩΝ
1175   θεσφάτων γ' ὄκνῳ κακῶν.

ΟΙΔΙΠΟΥΣ
   ποίων;

ΘΕΡΑΠΩΝ
           κτενεῖν νιν τοὺς τεκόντας ἦν λόγος.

ΟΙΔΙΠΟΥΣ
   πῶς δῆτ' ἀφῆκας τῷ γέροντι τῷδε σύ;

ΘΕΡΑΠΩΝ
   κατοικτίσας, ὦ δέσποθ', ὡς ἄλλην χθόνα
   δοκῶν ἀποίσειν, αὐτὸς ἔνθεν ἦν· ὁ δὲ
1180 κἄκ' ἐς μέγιστ' ἔσωσεν. εἰ γὰρ αὐτὸς εἶ
   ὅν φησιν οὗτος, ἴσθι δύσποτμος γεγώς.

ΟΙΔΙΠΟΥΣ
   ἰοὺ ἰού· τὰ πάντ' ἂν ἐξήκοι σαφῆ.
   ὦ φῶς, τελευταῖόν σε προσβλέψαιμι νῦν,
   ὅστις πέφασμαι φύς τ' ἀφ' ὧν οὐ χρῆν, ξὺν οἷς τ'
1185 οὐ χρῆν ὁμιλῶν, οὕς τέ μ' οὐκ ἔδει κτανών.

SERVO

                  Para que o suprimisse.

ÉDIPO

    Mísera mãe!

SERVO

1175   Temorosa de oráculo fatídico.

ÉDIPO

    Qual?

SERVO

          Dizia-se que ele mataria os pais.

ÉDIPO

    Por que então o passaste a este ancião?

SERVO

    Por dó, senhor, por crer que o levaria
    para outra terra, onde ele vivia, e ele
1180 o salvou para os maiores males. Se és
    quem ele diz, sabe que nasceste infeliz.

ÉDIPO

    Ioù ioú! Tudo isto se tornaria claro!
    Ó luz, por última vez agora te visse
    ao me ver filho de quem não devia,
1185 unido a quem não, letal a quem não!

ΧΟΡΟΣ

{STR. 1.} ἰὼ γενεαὶ βροτῶν,
ὡς ὑμᾶς ἴσα καὶ τὸ μη-
δὲν ζώσας ἐναριθμῶ.
τίς γάρ, τίς ἀνὴρ πλέον
1190 τᾶς εὐδαιμονίας φέρει
ἢ τοσοῦτον ὅσον δοκεῖν
καὶ δόξαντ᾽ ἀποκλῖναι;
τὸν σόν τοι παράδειγμ᾽ ἔχων,
τὸν σὸν δαίμονα, τὸν σόν, ὦ
1195 τλᾶμον Οἰδιπόδα, βροτῶν
οὐδὲν μακαρίζω·

{ANT. 1.} ὅστις καθ᾽ ὑπερβολὰν
τοξεύσας ἐκράτησας οὗ
πάντ᾽ εὐδαίμονος ὄλβου,
ὦ Ζεῦ, κατὰ μὲν φθίσας
τὰν γαμψώνυχα παρθένον
1200 χρησμῳδόν, θανάτων δ᾽ ἐμᾷ
χώρᾳ πύργος ἀνέστα·
ἐξ οὗ καὶ βασιλεὺς καλῇ
ἐμὸς καὶ τὰ μέγιστ᾽ ἐτι-
μάθης ταῖς μεγάλαισιν ἐν
Θήβαισιν ἀνάσσων.

{STR. 2.} τανῦν δ᾽ ἀκούειν τίς ἀθλιώτερος,
1205 †τίς ἐν πόνοις τίς ἄταις ἀγρίαις†
ξύνοικος ἀλλαγᾷ βίου;
ἰὼ κλεινὸν Οἰδίπου κάρα,
ᾧ μέγας λιμὴν
αὑτὸς ἤρκεσεν

QUARTO ESTÁSIMO (1186-1222)

CORO

EST. 1 *Iò,* gerações de mortais,
como vos conto iguais
a não viventes jamais!
Quem, que varão tem
1190 do bom Nume mais
do que pode parecer
e após parecer cair?
Com o teu exemplo,
o teu Nume, o teu,
1195 ó mísero Édipo,
mortais não felicito.

ANT. 1 Além do lance tocaste
e dominaste a riqueza
não toda de bom Nume.
Oh Zeus, ao destruíres
moça de unhas curvas
1200 vate cantora, abrigaste
de mortes minha terra,
rei te tornaste meu
e máxime honrado
por seres o senhor
nesta grande Tebas.

EST. 2 Hoje quem se diz mais mísero?
1205 Quem muda a vida em males,
quem nas erronias bravias?
Iò, ínclita cabeça de Édipo,
para quem grande porto
bastou o mesmo

παιδὶ καὶ πατρὶ
1210 θαλαμηπόλῳ πεσεῖν,
πῶς ποτε πῶς ποθ' αἱ πατρῷ-
αί σ' ἄλοκες φέρειν, τάλας,
σῖγ' ἐδυνάθησαν ἐς τοσόνδε;

{ANT. 2.} ἐφηῦρέ σ' ἄκονθ' ὁ πάνθ' ὁρῶν χρόνος,
δικάζει τὸν ἄγαμον γάμον πάλαι
1215 τεκνοῦντα καὶ τεκνούμενον.
ἰὼ Λαΐειον ⟨ὦ⟩ τέκνον,
εἴθε σ' εἴθ' σε
μήποτ' εἰδόμαν·
ὡς ὀδύρομαι
περίαλλ' ἰὰν χέων
1220 ἐκ στομάτων. τὸ δ' ὀρθὸν εἰπεῖν, ἀνέπνευσά τ' ἐκ σέθεν
καὶ κατεκοίμησα τοὐμὸν ὄμμα.

            para filho e pai
1210   cair noivo no tálamo.
            Como, ó mísero, como,
            sulcos paternos puderam
            suportar tanto em silêncio?

ANT. 2 Viu-te a ti invito o onividente
            tempo juiz de inuptas núpcias
1215   priscas com genitor e gênito.
            Iò! Ó filho de Laio,
            quem me dera
            nunca te ter visto!
            Como te pranteio
            vertendo preeminente
1220   voz das bocas! A bem
            dizer, por ti respirei
            e repousei o meu olho.

ΕΞΑΓΓΕΛΟΣ
 ὦ γῆς μέγιστα τῆσδ᾽ ἀεὶ τιμώμενοι,
 οἷ᾽ ἔργ᾽ ἀκούσεσθ᾽, οἷα δ᾽ εἰσόψεσθ᾽, ὅσον δ᾽
1225 ἀρεῖσθε πένθος, εἴπερ εὐγενῶς ἔτι
 τῶν Λαβδακείων ἐντρέπεσθε δωμάτων.
 οἶμαι γὰρ οὔτ᾽ ἂν Ἴστρον οὔτε Φᾶσιν ἂν
 νίψαι καθαρμῷ τήνδε τὴν στέγην, ὅσα
 κεύθει, τὰ δ᾽ αὐτίκ᾽ εἰς τὸ φῶς φανεῖ κακὰ
1230 ἑκόντα κοὐκ ἄκοντα. τῶν δὲ πημονῶν
 μάλιστα λυποῦσ᾽ αἳ φανῶσ᾽ αὐθαίρετοι.

ΧΟΡΟΣ
 λείπει μὲν οὐδ᾽ ἃ πρόσθεν ᾔδεμεν τὸ μὴ οὐ
 βαρύστον᾽ εἶναι· πρὸς δ᾽ ἐκείνοισιν τί φής;

ΕΞΑΓΓΕΛΟΣ
 ὁ μὲν τάχιστος τῶν λόγων εἰπεῖν τε καὶ
1235 μαθεῖν, τέθνηκε θεῖον Ἰοκάστης κάρα.

ΧΟΡΟΣ
 ὦ δυστάλαινα, πρὸς τίνος ποτ᾽ αἰτίας;

ΕΞΑΓΓΕΛΟΣ
 αὐτὴ πρὸς αὑτῆς. τῶν δὲ πραχθέντων τὰ μὲν
 ἄλγιστ᾽ ἄπεστιν· ἡ γὰρ ὄψις οὐ πάρα.
 ὅμως δ᾽, ὅσον γε κἀν ἐμοὶ μνήμης ἔνι,
1240 πεύσῃ τὰ κείνης ἀθλίας παθήματα.
 ὅπως γὰρ ὀργῇ χρωμένη παρῆλθ᾽ ἔσω
 θυρῶνος, ἵετ᾽ εὐθὺ πρὸς τὰ νυμφικὰ
 λέχη, κόμην σπῶσ᾽ ἀμφιδεξίοις ἀκμαῖς·

ÊXODO (1223-1530)

SEGUNDO MENSAGEIRO
    Ó sempre honrados próceres desta terra,
que feitos ouvireis, que vereis, que dor
1225 suportareis, se vós deveras ainda sois
enternecidos pela casa dos Labdácidas.
Acredito que nem o Istro nem o Fase
em purificação limparia desta morada
males ocultos que se mostrarão à luz
1230 por opção, sem coação; e dessas dores
doem mais as que se veem escolhidas.

CORO
    Nem o que antes já sabíamos deixava
de ser sofrido. Além disso, que dizes?

SEGUNDO MENSAGEIRO
    A fala mais breve de dizer e de saber,
1235 está morta a divina cabeça de Jocasta.

CORO
    Oh, infausta! Afinal, por que causa?

SEGUNDO MENSAGEIRO
    Ela por si mesma. Ausentes os fatos
mais dolorosos, a visão é impossível.
Tanto quanto tenho memória, porém,
1240 saberás das aflições daquela infeliz.
Quando tomada de ira passou além
do vestíbulo e foi direto para o leito
nupcial, carpindo cabelos com mãos,

πύλας δ', ὅπως εἰσῆλθ', ἐπιρράξασ' ἔσω,
1245 καλεῖ τὸν ἤδη Λάιον πάλαι νεκρόν,
μνήμην παλαιῶν σπερμάτων ἔχουσ', ὑφ' ὧν
θάνοι μὲν αὐτός, τὴν δὲ τίκτουσαν λίποι
τοῖς οἷσιν αὐτοῦ δύστεκνον παιδουργίαν·
γοᾶτο δ' εὐνάς, ἔνθα δύστηνος διπλῇ
1250 ἐξ ἀνδρὸς ἄνδρα καὶ τέκν' ἐκ τέκνων τέκοι.
χὤπως μὲν ἐκ τῶνδ' οὐκέτ' οἶδ' ἀπόλλυται·
βοῶν γὰρ εἰσέπαισεν Οἰδίπους, ὑφ' οὗ
οὐκ ἦν τὸ κείνης ἐκθεάσασθαι κακόν,
ἀλλ' εἰς ἐκεῖνον περιπολοῦντ' ἐλεύσσομεν.
1255 φοιτᾷ γὰρ ἡμᾶς ἔγχος ἐξαιτῶν πορεῖν,
γυναῖκά τ' οὐ γυναῖκα, μητρῴαν δ' ὅπου
κίχοι διπλῆν ἄρουραν οὗ τε καὶ τέκνων.
λυσσῶντι δ' αὐτῷ δαιμόνων δείκνυσί τις·
οὐδεὶς γὰρ ἀνδρῶν, οἳ παρῆμεν ἐγγύθεν.
1260 δεινὸν δ' ἀύσας ὡς ὑφ' ἡγητοῦ τινος
πύλαις διπλαῖς ἐνήλατ', ἐκ δὲ πυθμένων
ἔκλινε κοῖλα κλῇθρα κἀμπίπτει στέγῃ.
οὗ δὴ κρεμαστὴν τὴν γυναῖκ' ἐσείδομεν,
πλεκταῖσιν αἰώραισιν ἐμπεπλεγμένην·
1265 ὁ δ' ὡς ὁρᾷ νιν, δεινὰ βρυχηθεὶς τάλας,
χαλᾷ κρεμαστὴν ἀρτάνην. ἐπεὶ δὲ γῇ
ἔκειτο τλήμων, δεινά γ' ἦν τἀνθένδ' ὁρᾶν.
ἀποσπάσας γὰρ εἱμάτων χρυσηλάτους
περόνας ἀπ' αὐτῆς, αἷσιν ἐξεστέλλετο,
1270 ἄρας ἔπαισεν ἄρθρα τῶν αὑτοῦ κύκλων,
αὐδῶν τοιαῦθ', ὁθούνεκ' οὐκ ὄψοιντό νιν
οὔθ' οἷ' ἔπασχεν οὔθ' ὁποῖ' ἔδρα κακά,
ἀλλ' ἐν σκότῳ τὸ λοιπὸν οὓς μὲν οὐκ ἔδει
ὀψοίαθ', οὓς δ' ἔχρῃζεν οὐ γνωσοίατο.
1275 τοιαῦτ' ἐφυμνῶν πολλάκις τε κοὐχ ἅπαξ
ἤρασσ' ἐπαίρων βλέφαρα. φοίνιαι δ' ὁμοῦ

ao entrar, tranca as portas por dentro,
1245 chama Laio já morto desde outrora,
com memória de antiga sementeira
pela qual seria morto e a deixaria
gerar sua própria improfícua prole.
Deplora o leito, onde infausta gera
1250 do noivo, noivo, e do filho, filhos.
Como depois disso finda não sei,
pois Édipo prorrompeu aos gritos
e não pudemos ver os males dela,
mas olhávamos a circulação dele
1255 a nos pedir arma e a indagar onde
toparia a esposa não esposa, dupla
gleba materna sua e de seus filhos.
Em sua fúria um Nume lhe indica,
não um de nós os varões presentes.
1260 Com terrível grito como se guiado
assaltou portas duplas e das bases
forçou a tranca e entrou no quarto
onde vimos suspendida a mulher
enlaçada nas oscilações dos laços.
1265 Ele, ao vê-la, clama terrível mísero
e solta o suspenso laço; ao tombar
a mísera por terra, terrível era ver.
Retirou das vestes dela os alfinetes
dourados com os quais se adornava,
1270 ergueu e cravou nos próprios olhos,
bradando que não veriam os males
que sofreu nem os que fez, mas já
veriam nas trevas os que não devia
e não reconheceriam os que queria.
1275 Em tais tons, várias vezes, não uma,
golpeou olhos com broches, cruentas

γλῆναι γένει' ἔτεγγον, οὐδ' ἀνίεσαν.
[φόνου μυδώσας σταγόνας, ἀλλ' ὁμοῦ μέλας
ὄμβρος †χαλάζης αἵματος† ἐτέγγετο.]
1280 †τάδ' ἐκ δυοῖν ἔρρωγεν οὐ μόνον κακά†
ἀλλ' ἀνδρὶ καὶ γυναικὶ συμμιγῆ κακά.
ὁ πρὶν παλαιὸς δ' ὄλβος ἦν πάροιθε μὲν
ὄλβος δικαίως, νῦν δὲ τῇδε θἠμέρᾳ
στεναγμός, ἄτη, θάνατος, αἰσχύνη, κακῶν
1285 ὅσ' ἐστὶ πάντων ὀνόματ', οὐδέν ἐστ' ἀπόν.

ΧΟΡΟΣ
νῦν δ' ἔσθ' ὁ τλήμων ἔν τινι σχολῇ κακοῦ;

ΕΞΑΓΓΕΛΟΣ
βοᾷ διοίγειν κλῇθρα καὶ δηλοῦν τινα
τοῖς πᾶσι Καδμείοισι τὸν πατροκτόνον,
τὸν μητρός, αὐδῶν ἀνόσι' οὐδὲ ῥητά μοι,
1290 ὡς ἐκ χθονὸς ῥίψων ἑαυτόν, οὐδ' ἔτι
μενῶν δόμοις ἀραῖος, ὡς ἠράσατο.
ῥώμης γε μέντοι καὶ προηγητοῦ τινος
δεῖται· τὸ γὰρ νόσημα μεῖζον ἢ φέρειν.
δείξει δὲ καὶ σοί. κλῇθρα γὰρ πυλῶν τάδε
1295 διοίγεται· θέαμα δ' εἰσόψῃ τάχα
τοιοῦτον οἷον καὶ στυγοῦντ' ἐποικτίσαι.

ΧΟΡΟΣ
ὦ δεινὸν ἰδεῖν πάθος ἀνθρώποις,
ὦ δεινότατον πάντων ὅσ' ἐγὼ
προσέκυρσ' ἤδη. τίς σ', ὦ τλῆμον,
1300 προσέβη μανία; τίς ὁ πηδήσας
μείζονα δαίμων τῶν μακίστων
πρὸς σῇ δυσδαίμονι μοίρᾳ;
φεῦ φεῦ δύστην', ἀλλ' οὐδ' ἐσιδεῖν

>   pupilas molhavam barbas, não eram
>   gotas úmidas de sangue, mas negra
>   chuva e cruento granizo molhavam.
> 1280 Do par, não de um só, estes males
>   irrompem para varão e mulher juntos.
>   A prévia prosperidade de outrora era
>   a verdadeira prosperidade, mas agora
>   pranto, ruína, morte, vergonha, nomes
> 1285 de todos os males, sem faltar nenhum.

CORO
>   Agora o infeliz tem repouso de males?

SEGUNDO MENSAGEIRO
>   Grita que se abram trancas e mostrem
>   a todos os cadmeus o matador do pai,
>   o da mãe... (diz ilícito não dito por mim),
> 1290 que se afastará da terra, sem ficar mais
>   em casa sob imprecação que imprecou.
>   Ele necessita, porém, de apoio e guia,
>   o distúrbio é maior do que o suportável.
>   A ti se mostrará, estas trancas de portas
> 1295 se abrem e logo o espetáculo se verá
>   tal que até quem tem horror se condói.

CORO
>   Ó dor terrível de ver para os homens,
>   ó tu, que és o mais terrível de todos
>   que já encontrei. Que loucura tiveste,
> 1300 ó infeliz? Que Nume é esse que salta
>   mais alto do que as maiores alturas
>   em cima de tua Parte de mau Nume?
>   *Pheû pheû!* Infausto, já nem te olhar

δύναμαί σ᾽, ἐθέλων πόλλ᾽ ἀνερέσθαι,
1305 πολλὰ πυθέσθαι, πολλὰ δ᾽ ἀθρῆσαι·
τοίαν φρίκην παρέχεις μοι.

ΟΙΔΙΠΟΥΣ

αἰαῖ αἰαῖ, δύστανος ἐγώ,
ποῖ γᾶς φέρομαι τλάμων; πᾷ μοι
1310 φθογγὰ διαπωτᾶται φοράδαν;
ἰὼ δαῖμον, ἵν᾽ ἐξήλου.

ΧΟΡΟΣ

ἐς δεινὸν, οὐδ᾽ ἀκουστόν, οὐδ᾽ ἐπόψιμον.

ΟΙΔΙΠΟΥΣ

{STR. 1.} ἰὼ σκότου
νέφος ἐμὸν ἀπότροπον, ἐπιπλόμενον ἄφατον,
1315 ἀδάματόν τε καὶ δυσούριστόν ⟨ὄν⟩.
οἴμοι,
οἴμοι μάλ᾽ αὖθις· οἶον εἰσέδυ μ᾽ ἅμα
κέντρων τε τῶνδ᾽ οἴστρημα καὶ μνήμη κακῶν.

ΧΟΡΟΣ

καὶ θαῦμά γ᾽ οὐδὲν ἐν τοσοῖσδε πήμασιν
1320 διπλᾶ σε πενθεῖν καὶ διπλᾶ θροεῖν κακά.

ΟΙΔΙΠΟΥΣ

{ANT. 2.} ἰὼ φίλος,
σὺ μὲν ἐμὸς ἐπίπολος ἔτι μόνιμος· ἔτι γὰρ
ὑπομένεις με τὸν τυφλὸν κηδεύων.
φεῦ φεῦ·
1325 οὐ γάρ με λήθεις, ἀλλὰ γιγνώσκω σαφῶς,
καίπερ σκοτεινός, τήν γε σὴν αὐδὴν ὅμως.

consigo, tendo muito a te perguntar
1305 muito a aprender e muito a perceber,
tal estremecimento tu me provocas.

ÉDIPO

Aiaî aiaî, infeliz de mim!
Aonde mísero me vou? Onde
1310 volita ao léu a minha voz?
Iò, Nume, donde saltaste!

CORO

No terror inaudito invisível.

ÉDIPO

EST. 1 *Iò*, nuvem de trevas
abominável minha assaltante
1315 nefanda, indômita e infausta!
Oímoi,
oímoi outra vez! Como me doem juntos
o talho dos picos e a memória dos males!

CORO

Não nos admira que em tais sofrimentos
1320 sofras duplas dores e troes duplos males.

ÉDIPO

ANT. 2 *Iò*, meu amigo
tu, meu sócio ainda firme, ainda
resistes cuidadoso do cego.
Pheû pheû!
1325 Não me escapas, mas reconheço clara,
ainda que nas trevas, tua voz, todavia.

ΧΟΡΟΣ
　　ὦ δεινὰ δράσας, πῶς ἔτλης τοιαῦτα σὰς
　　ὄψεις μαρᾶναι; τίς σ' ἐπῆρε δαιμόνων;

ΟΙΔΙΠΟΥΣ
{STR. 2.}　Ἀπόλλων τάδ' ἦν, Ἀπόλλων, φίλοι,
1330　ὁ κακὰ κακὰ τελῶν ἐμὰ τάδ' ἐμὰ πάθεα.
　　ἔπαισε δ' αὐτόχειρ νιν οὔ-
　　τις, ἀλλ' ἐγὼ τλάμων.
　　τί γὰρ ἔδει μ' ὁρᾶν,
1335　ὅτῳ γ' ὁρῶντι μηδὲν ἦν ἰδεῖν γλυκύ;

ΧΟΡΟΣ
　　ἦν ταῦδ' ὅπωσπερ καὶ σὺ φῄς.

ΟΙΔΙΠΟΥΣ
　　τί δῆτ' ἐμοὶ βλεπτὸν ἢ
　　στερκτόν; ἢ προσήγορον
　　ἔτ' ἔστ' ἀκούειν ἡδονᾷ, φίλοι;
1340　ἀπάγετ' ἐκτόπιον ὅτι τάχιστά με,
　　ἀπάγετ', ὦ φίλοι, τὸν μέγ' ὀλέθριον,
1345　τὸν καταρατότατον, ἔτι δὲ καὶ θεοῖς
　　ἐχθρότατον βροτῶν.

ΧΟΡΟΣ
　　δείλαιε τοῦ νοῦ τῆς τε συμφορᾶς ἴσον,
　　ὥς σ' ἠθέλησα μηδαμὰ γνῶναί ποτ' ἄν.

ΟΙΔΙΠΟΥΣ
{ANT. 2.}　ὄλοιθ' ὅστις ἦν ὃς ἀγρίας πέδας
1350　νομὰς ἐπιποδίας μ' ἔλαβ' ἀπό τε φόνου ⟨μ'⟩
　　ἔρυτο κἀνέσωσεν, οὐ-

CORO

    Ó terrível agente, como ousaste extinguir
    tuas pupilas? Qual dos Numes te impeliu?

ÉDIPO

EST. 2 Isto foi Apolo, foi Apolo, amigos,
1330 autor destes meus males, males, dores,
    e ninguém de própria mão as golpeou
    senão eu, este infeliz.
    Por que eu devia ver,
1335 quando, ao ver, não era doce ver?

CORO

    Isso foi mesmo tal como tu dizes.

ÉDIPO

    O que me é visível ou amável
    ou que interlocução ainda é
    de ouvir com prazer, amigos?
1340 Retirai-me o mais rápido daqui,
    retirai, amigos, este vasto dano,
1345 o mais execrável, e aos Deuses
    ainda o mais odioso dos mortais!

CORO

    Mísero por saber e conjuntura,
    quisera nunca te ter conhecido!

ÉDIPO

ANT. 2 Pereça quem erradio da peia
1350 selvagem dos pés me pegou,
    resgatou da morte e salvou

δὲν εἰς χάριν πράσσων.
τότε γὰρ ἂν θανὼν
1355 οὐκ ἦ φίλοισιν οὐδ' ἐμοὶ τοσόνδ' ἄχος.

ΧΟΡΟΣ

θέλοντι κἀμοὶ τοῦτ' ἂν ἦν.

ΟΙΔΙΠΟΥΣ

οὔκουν πατρός γ' ἂν φονεὺς
ἦλθον, οὐδὲ νυμφίος
βροτοῖς ἐκλήθην ὧν ἔφυν ἄπο.
1360 νῦν δ' ἄθεος μέν εἰμ', ἀνοσίων δὲ παῖς,
ὁμογενὴς δ' ἀφ' ὧν αὐτὸς ἔφυν τάλας.
1365 εἰ δέ τι πρεσβύτερον ἔτι κακοῦ κακόν,
τοῦτ' ἔλαχ' Οἰδίπους.

ΧΟΡΟΣ

οὐκ οἶδ' ὅπως σε φῶ βεβουλεῦσθαι καλῶς.
κρείσσων γὰρ ἦσθα μηκέτ' ὢν ἢ ζῶν τυφλός.

ΟΙΔΙΠΟΥΣ

ὡς μὲν τάδ' οὐχ ὧδ' ἔστ' ἄριστ' εἰργασμένα,
1370 μή μ' ἐκδίδασκε, μηδὲ συμβούλευ' ἔτι.
ἐγὼ γὰρ οὐκ οἶδ' ὄμμασιν ποίοις βλέπων
πατέρα ποτ' ἂν προσεῖδον εἰς Ἅιδου μολών,
οὐδ' αὖ τάλαιναν μητέρ', οἶν ἐμοὶ δυοῖν
ἔργ' ἐστὶ κρεῖσσον' ἀγχόνης εἰργασμένα.
1375 ἀλλ' ἡ τέκνων δῆτ' ὄψις ἦν ἐφίμερος,
βλαστοῦσ' ὅπως ἔβλαστε, προσλεύσσειν ἐμοί;
οὐ δῆτα τοῖς γ' ἐμοῖσιν ὀφθαλμοῖς ποτε·
οὐδ' ἄστυ γ', οὐδὲ πύργος, οὐδὲ δαιμόνων
ἀγάλμαθ' ἱερά, τῶν ὁ παντλήμων ἐγὼ

sem propiciar graça!
Fosse eu morto então, não haveria
1355 para mim e para os meus tanta dor!

CORO
Seriam também meus esses votos.

ÉDIPO
Não viria matador do pai
nem os mortais me diriam
noivo de quem nasci, mas
1360 sem-Deus sou filho de ilícitos
cônjuge de quem nasci mísero.
1365 Se há mal maior que o mal,
isso Édipo obteve por sorte.

CORO
Não sei como te dizer boa a decisão,
melhor seria não viver que ser cego.

ÉDIPO
Que isto não seja o mais benfeito
1370 não me ensines nem me aconselhes!
Eu se visse não sei com que olhos
veria o pai um dia ao ir ao Hades
nem aliás a infausta mãe, com eles
meus atos pedem mais do que forca.
1375 Mas a vista dos filhos era desejável
de contemplar florida como floriu?
Com estes meus olhos nunca mais!
Nem cidade, nem torre, nem imagens
de Numes sacras, das quais eu mísero

1380 κάλλιστ' ἀνὴρ εἷς ἔν γε ταῖς Θήβαις τραφεὶς
ἀπεστέρησ' ἐμαυτόν, αὐτὸς ἐννέπων
ὠθεῖν ἅπαντας τὸν ἀσεβῆ, τὸν ἐκ θεῶν
φανέντ' ἄναγνον καὶ γένους τοῦ Λαΐου.
τοιάνδ' ἐγὼ κηλῖδα μηνύσας ἐμὴν
1385 ὀρθοῖς ἔμελλον ὄμμασιν τούτους ὁρᾶν;
ἥκιστά γ'· ἀλλ' εἰ τῆς ἀκουούσης ἔτ' ἦν
πηγῆς δι' ὤτων φραγμός, οὐκ ἂν ἐσχόμην
τὸ μὴ ἀποκλῆσαι τοὐμὸν ἄθλιον δέμας,
ἵν' ἦ τυφλός τε καὶ κλύων μηδέν· τὸ γὰρ
1390 τὴν φροντίδ' ἔξω τῶν κακῶν οἰκεῖν γλυκύ.
ἰὼ Κιθαιρών, τί μ' ἐδέχου; τί μ' οὐ λαβὼν
ἔκτεινας εὐθύς, ὡς ἔδειξα μήποτε
ἐμαυτὸν ἀνθρώποισιν ἔνθεν ἦ γεγώς;
ὦ Πόλυβε καὶ Κόρινθε καὶ τὰ πάτρια
1395 λόγῳ παλαιὰ δώμαθ', οἷον ἄρά με
κάλλος κακῶν ὕπουλον ἐξεθρέψατε.
νῦν γὰρ κακός τ' ὢν κἀκ κακῶν εὑρίσκομαι.
ὦ τρεῖς κέλευθοι καὶ κεκρυμμένη νάπη
δρυμός τε καὶ στενωπὸς ἐν τριπλαῖς ὁδοῖς,
1400 αἳ τοὐμὸν αἷμα τῶν ἐμῶν χειρῶν ἄπο
ἐπίετε πατρός, ἆρά μου μέμνησθ' ἔτι
οἷ' ἔργα δράσας ὑμὶν εἶτα δεῦρ' ἰὼν
ὁποῖ' ἔπρασσον αὖθις; ὦ γάμοι γάμοι,
ἐφύσαθ' ἡμᾶς, καὶ φυτεύσαντες πάλιν
1405 ἀνεῖτε ταὐτὸν σπέρμα, κἀπεδείξατε
πατέρας ἀδελφούς, παῖδας αἷμ' ἐμφύλιον,
νύμφας γυναῖκας μητέρας τε, χὠπόσα
αἴσχιστ' ἐν ἀνθρώποισιν ἔργα γίγνεται.
ἀλλ', οὐ γὰρ αὐδᾶν ἔσθ' ἃ μηδὲ δρᾶν καλόν,
1410 ὅπως τάχιστα πρὸς θεῶν ἔξω μέ που
καλύψατ', ἢ φονεύσατ', ἢ θαλάσσιον
ἐκρίψατ', ἔνθα μήποτ' εἰσόψεσθ' ἔτι.

1380 o mais bem-nascido varão em Tebas
eu me privei a mim mesmo clamando
banirem todos o ímpio que os Deuses
mostraram impuro e da casa de Laio!
Denunciada minha tal imundície, eu
1385 com olhos de verdade os devia olhar?
Não! Se do ouvinte fluxo dos ouvidos
houvesse oclusão, eu não me deteria
de obstruir este meu infausto corpo
para ser cego e não ouvir, doce é
1390 residir o pensamento fora de males.
Iò, Citéron, por que me acolheste?
Por que ao me pegar não mataste
logo para não se ver donde nasci?
Ó Pólibo! Ó Corinto! Ó paternal
1395 casa prisca da palavra, que belo
sob cicatriz de males me criaste!
Agora me vejo vil, vindo de vis.
Ó três caminhos! Ó vale coberto!
Ó carvalhal! Ó senda de tripla via,
1400 que meu sangue por minhas mãos
bebestes do pai, lembrai-vos ainda
o que fiz ante vós e ao vir para cá
o que fiz outra vez? Ó núpcias, núpcias,
gerastes-me e ao gerardes outra vez
1405 lançastes o mesmo sêmen e mostrastes
o pai ser irmão, filho da mesma cepa,
a noiva ser esposa e mãe, e quantas
ações entre mortais são as piores!
Não se fala o que não é belo fazer,
1410 o mais rápido, por Deuses, ocultai-me
algures acolá, ou matai, ou lançai
ao mar, onde nunca mais avistareis!

ἴτ᾽, ἀξιώσατ᾽ ἀνδρὸς ἀθλίου θιγεῖν·
πίθεσθε, μὴ δείσητε· τἀμὰ γὰρ κακὰ
1415 οὐδεὶς οἷός τε πλὴν ἐμοῦ φέρειν βροτῶν.

ΧΟΡΟΣ
ἀλλ᾽ ὧν ἐπαιτεῖς ἐς δέον πάρεσθ᾽ ὅδε
Κρέων τὸ πράσσειν καὶ τὸ βουλεύειν, ἐπεὶ
χώρας λέλειπται μοῦνος ἀντὶ σοῦ φύλαξ.

ΟΙΔΙΠΟΥΣ
οἴμοι, τί δῆτα λέξομεν πρὸς τόνδ᾽ ἔπος;
1420 τίς μοι φανεῖται πίστις ἔνδικος; τὰ γὰρ
πάρος πρὸς αὐτὸν πάντ᾽ ἐφεύρημαι κακός.

ΚΡΕΩΝ
οὐχ ὡς γελαστής, Οἰδίπους, ἐλήλυθα,
οὐδ᾽ ὡς ὀνειδιῶν τι τῶν πάρος κακῶν.
ἀλλ᾽ εἰ τὰ θνητῶν μὴ καταισχύνεσθ᾽ ἔτι
1425 γένεθλα, τὴν γοῦν πάντα βόσκουσαν φλόγα
αἰδεῖσθ᾽ ἄνακτος Ἡλίου, τοιόνδ᾽ ἄγος
ἀκάλυπτον οὕτω δεικνύναι, τὸ μήτε γῆ
μήτ᾽ ὄμβρος ἱερὸς μήτε φῶς προσδέξεται.
ἀλλ᾽ ὡς τάχιστ᾽ ἐς οἶκον ἐσκομίζετε·
1430 τοῖς ἐν γένει γὰρ τἀγγενῆ μάλισθ᾽ ὁρᾶν
μόνοις τ᾽ ἀκούειν εὐσεβῶς ἔχει κακά.

ΟΙΔΙΠΟΥΣ
πρὸς θεῶν, ἐπείπερ ἐλπίδος μ᾽ ἀπέσπασας,
ἄριστος ἐλθὼν πρὸς κάκιστον ἄνδρ᾽ ἐμέ,
πιθοῦ τί μοι· πρὸς σοῦ γάρ, οὐδ᾽ ἐμοῦ, φράσω.

ΚΡΕΩΝ
1435 καὶ τοῦ με χρείας ὧδε λιπαρεῖς τυχεῖν;

Vinde! Dignai-vos tocar este mísero!
Atendei! Não temais! Meus males
1415 nenhum mortal pode ter senão eu.

CORO
Mas para o que pedes eis presente
Creonte para deliberar e executar,
em vez de ti único vigia da região.

ÉDIPO
Oímoi! Que palavras lhe diremos?
1420 Que fé se me mostra justa? Antes
diante dele nós nos revelamos vis.

CREONTE
Não vim, Édipo, para causar riso
nem para reprovar antigos males,
mas se vós não mais tendes pudor
1425 dos mortais, respeitai a luz nutriz
de todos do Sol rei, não mostreis
tão descoberta tal poluência que
nem terra nem chuva sacra nem
luz acolherá. Levai logo para casa!
1430 Só aos familiares é bem reverente
ver e ouvir os males de familiares.

ÉDIPO
Por Deuses, se me retiras o temor,
ao vires tu, o melhor, a mim, o pior,
crê-me, falarei por ti, não por mim.

CREONTE
1435 Que falta insistes assim em suprir?

ΟΙΔΙΠΟΥΣ

ῥῖψόν με γῆς ἐκ τῆσδ' ὅσον τάχισθ', ὅπου
θνητῶν φανοῦμαι μηδενὸς προσήγορος.

ΚΡΕΩΝ

ἔδρασ' ἂν εὖ τοῦτ' ἴσθ' ἄν, εἰ μὴ τοῦ θεοῦ
πρώτιστ' ἔχρῃζον ἐκμαθεῖν τί πρακτέον.

ΟΙΔΙΠΟΥΣ

1440 ἀλλ' ἥ γ' ἐκείνου πᾶσ' ἐδηλώθη φάτις,
τὸν πατροφόντην, τὸν ἀσεβῆ μ' ἀπολλύναι.

ΚΡΕΩΝ

οὕτως ἐλέχθη ταῦθ'· ὅμως δ' ἵν' ἕσταμεν
χρείας ἄμεινον ἐκμαθεῖν τί δραστέον.

ΟΙΔΙΠΟΥΣ

οὕτως ἄρ' ἀνδρὸς ἀθλίου πεύσεσθ' ὕπερ;

ΚΡΕΩΝ

1445 καὶ γὰρ σὺ νῦν γ' ἂν τῷ θεῷ πίστιν φέροις.

ΟΙΔΙΠΟΥΣ

καί σοί γ' ἐπισκήπτω τε καὶ προστρέψομαι,
τῆς μὲν κατ' οἴκους αὐτὸς ὃν θέλεις τάφον
θοῦ – καὶ γὰρ ὀρθῶς τῶν γε σῶν τελεῖς ὕπερ –
ἐμοῦ δὲ μήποτ' ἀξιωθήτω τόδε
1450 πατρῷον ἄστυ ζῶντος οἰκητοῦ τυχεῖν,
ἀλλ' ἔα με ναίειν ὄρεσιν, ἔνθα κλῄζεται
οὑμὸς Κιθαιρὼν οὗτος, ὃν μήτηρ τέ μοι
πατήρ τ' ἐθέσθην ζῶντε κύριον τάφον,
ἵν' ἐξ ἐκείνων, οἵ μ' ἀπωλλύτην, θάνω.

ÉDIPO
>   Lançai-me desta terra o mais logo
>   onde não terei interlocutor mortal!

CREONTE
>   Eu o teria feito, sabe, se não quisesse
>   primeiro saber do Deus o que fazer.

ÉDIPO
> 1440 Mas a palavra dele se revelou inteira
>   destruir-me por ser o ímpio parricida.

CREONTE
>   Assim se disse, mas nesta situação
>   nossa é melhor inquirir o que fazer.

ÉDIPO
>   Ora, assim indagareis por um mísero.

CREONTE
> 1445 Sim, agora até tu porias fé no Deus.

ÉDIPO
>   Tanto te incumbo quanto te exorto
>   que dela tu mesmo faças os funerais
>   em casa e dos teus deveras os farás.
>   Esta cidade paterna nunca se digne
> 1450 ter-me durante a vida por morador,
>   mas deixe-me morar naquele monte
>   que se diz o meu Citéron onde vivos
>   mãe e pai me instalaram digna tumba
>   e por eles meus matadores eu pereça.

1455 καίτοι τοσοῦτόν γ' οἶδα, μήτε μ' ἂν νόσον
μήτ' ἄλλο πέρσαι μηδέν· οὐ γὰρ ἄν ποτε
θνῄσκων ἐσώθην, μὴ 'πί τῳ δεινῷ κακῷ.
ἀλλ' ἡ μὲν ἡμῶν μοῖρ', ὅποιπερ εἶσ', ἴτω·
παίδων δὲ τῶν μὲν ἀρσένων μή μοι, Κρέων,
1460 προσθῇ μέριμναν· ἄνδρες εἰσίν, ὥστε μὴ
σπάνιν ποτὲ σχεῖν, ἔνθ' ἂν ὦσι, τοῦ βίου·
ταῖν δ' ἀθλίαιν οἰκτραῖν τε παρθένοιν ἐμαῖν,
αἷν οὔποθ' †ἡμὴ† χωρὶς ἐστάθη βορᾶς
τράπεζ' ἄνευ τοῦδ' ἀνδρός, ἀλλ' ὅσων ἐγὼ
1465 ψαύοιμι, πάντων τῶνδ' ἀεὶ μετειχέτην·
αἷν μοι μέλεσθαι· καὶ μάλιστα μὲν χεροῖν
ψαῦσαί μ' ἔασον κἀποκλαύσασθαι κακά.
ἴθ' ὦναξ,
ἴθ' ὦ γονῇ γενναῖε· χερσί τἂν θιγὼν
1470 δοκοῖμ' ἔχειν σφᾶς, ὥσπερ ἡνίκ' ἔβλεπον.
τί φημί;
οὐ δὴ κλύω που πρὸς θεῶν τοῖν μοι φίλοιν
δακρυρροούντοιν, καί μ' ἐποικτίρας Κρέων
ἔπεμψέ μοι τὰ φίλτατ' ἐκγόνοιν ἐμοῖν;
1475 λέγω τι;

ΚΡΕΩΝ

λέγεις· ἐγὼ γάρ εἰμ' ὁ πορσύνας τάδε,
γνοὺς τὴν παροῦσαν τέρψιν ἥ σ' εἶχεν πάλαι.

ΟΙΔΙΠΟΥΣ

ἀλλ' εὐτυχοίης, καί σε τῆσδε τῆς ὁδοῦ
δαίμων ἄμεινον ἢ 'μὲ φρουρήσας τύχοι.
1480 ὦ τέκνα, ποῦ ποτ' ἐστέ; δεῦρ' ἴτ', ἔλθετε
ὡς τὰς ἀδελφὰς τάσδε τὰς ἐμὰς χέρας,
αἵ τοῦ φυτουργοῦ πατρὸς ὑμῖν ὧδ' ὁρᾶν
τὰ πρόσθε λαμπρὰ προὐξένησαν ὄμματα·

1455 Mas disto sei, nem doença nem mais
nada me destruiria, pois da morte não
seria eu salvo senão para terrível mal.
Que nossa Parte venha por onde vier!
Com meus filhos homens, ó Creonte,
1460 não te preocupes, são varões de modo
a não escassearem víveres aonde forem.
Minhas duas infaustas e míseras filhas
sem as quais, separadas deste varão,
nunca se pôs minha mesa de repasto,
1465 mas sempre com elas tive a refeição,
cuidai delas por mim, deixai-me ainda
tocá-las com as mãos e prantear males!
Eia, senhor,
eia, nobre de nascença! Se as tocasse,
1470 eu creria tê-las tal como quando via.
O que digo?
Por Deuses, não ouço minhas duas
chorar? E Creonte por compaixão
fez vir as minhas caríssimas filhas?
1475 É verdade?

CREONTE

Sim, assim arranjei ao reconhecer
o presente prazer que outrora fruías.

ÉDIPO

Tenhas boa sorte! Por esta vinda,
Nume te valha melhor que a mim!
1480 Ó filhas, onde estais? Vinde aqui,
vinde a estas minhas mãos irmãs,
que vos deram ver assim os olhos
antes claros de vosso pai genitor,

ὃς ὑμίν, ὦ τέκν', οὔθ' ὁρῶν οὔθ' ἱστορῶν,
1485 πατὴρ ἐφάνθην ἔνθεν αὐτὸς ἠρόθην.
καὶ σφὼ δακρύω· προσβλέπειν γὰρ οὐ σθένω·
νοούμενος τὰ πικρὰ τοῦ λοιποῦ βίου,
οἷον βιῶναι σφὼ πρὸς ἀνθρώπων χρεών.
ποίας γὰρ ἀστῶν ἥξετ' εἰς ὁμιλίας,
1490 ποίας δ' ἑορτάς, ἔνθεν οὐ κεκλαυμέναι
πρὸς οἶκον ἵξεσθ' ἀντὶ τῆς θεωρίας;
ἀλλ' ἡνίκ' ἂν δὴ πρὸς γάμων ἥκητ' ἀκμάς,
τίς οὗτος ἔσται, τίς παραρρίψει, τέκνα,
τοιαῦτ' ὀνείδη λαμβάνειν, ἃ †τοῖς ἐμοῖς†
1495 γονεῦσιν ἔσται σφῷν θ' ὁμοῦ δηλήματα;
τί γὰρ κακῶν ἄπεστι; τὸν πατέρα πατὴρ
ὑμῶν ἔπεφνε· τὴν τεκοῦσαν ἤροσεν,
ὅθεν περ αὐτὸς ἐσπάρη, κἀκ τῶν ἴσων
ἐκτήσαθ' ὑμᾶς, ὧνπερ αὐτὸς ἐξέφυ.
1500 τοιαῦτ' ὀνειδιεῖσθε. κᾆτα τίς γαμεῖ;
οὐκ ἔστιν οὐδείς, ὦ τέκν', ἀλλὰ δηλαδὴ
χέρσους φθαρῆναι κἀγάμους ὑμᾶς χρεών.
ὦ παῖ Μενοικέως, ἀλλ' ἐπεὶ μόνος πατὴρ
ταύταιν λέλειψαι, νὼ γάρ, ὢ 'φυτεύσαμεν,
1505 ὀλώλαμεν δύ' ὄντε, μή σφε, πάτερ, ἴδῃς
πτωχὰς ἀνάνδρους ἐγγενεῖς ἀλωμένας,
μηδ' ἐξισώσῃς τάσδε τοῖς ἐμοῖς κακοῖς.
ἀλλ' οἴκτισόν σφας, ὧδε τηλικάσδ' ὁρῶν
πάντων ἐρήμους, πλὴν ὅσον τὸ σὸν μέρος.
1510 ξύννευσον, ὦ γενναῖε, σῇ ψαύσας χερί.
σφῷν δ', ὦ τέκν', εἰ μὲν εἰχέτην ἤδη φρένας,
πόλλ' ἂν παρῄνουν· νῦν δὲ τοῦτ' εὔχεσθέ μοι
οὗ καιρὸς ἐᾷ ζῆν, τοῦ βίου δὲ λῴονος
ὑμᾶς κυρῆσαι τοῦ φυτεύσαντος πατρός.

ΚΡΕΩΝ
1515 ἅλις ἵν' ἐξήκεις δακρύων· ἀλλ' ἴθι στέγης ἔσω.

ó filhas, o vosso pai que mostrou
1485 nem ver nem saber onde semeou.
Eu vos pranteio, sem poder ver,
ao pensar na restante vida amarga
que deveis viver junto dos homens.
Que convívio tereis dos cidadãos?
1490 A que festas ireis donde sem pranto
em vez de espetáculo retornareis?
Mas ao chegardes à idade de núpcias,
quem será ele? Quem se arriscará
a ter tal ultraje que aos meus pais
1495 e a vós duas juntos será ruinoso?
Qual dos males falta? Vosso pai
matou o pai, fecundou a genitora,
de que foi gerado, e dessa mesma,
de que ele nasceu, ele vos obteve.
1500 Tais ultrajes tereis. Qual o esposo?
Ninguém, filhas, mas com clareza
deveis morrer secas e sem núpcias.
Ó filho de Meneceu, vós lhes sois
o único pai, pois nós, os genitores,
1505 estamos já mortos, não as deixeis
pobres sem marido parentes errantes,
não as torneis iguais a meus males,
mas tende dó, ao vê-las tão novas
órfãs de todos, salvo por tua parte.
1510 Tocai-me a mão e assenti, ó nobre!
Ó filhas, se vós já tivésseis juízo,
muito vos diria, mas orai comigo
por viverdes onde ocasião permita
e terdes vida melhor que vosso pai.

CREONTE
1515 Basta de pranto! Entrai em casa!

ΟΙΔΙΠΟΥΣ
πειστέον, κεἰ μηδὲν ἡδύ.

ΚΡΕΩΝ
πάντα γὰρ καιρῷ καλά.

ΟΙΔΙΠΟΥΣ
οἶσθ᾽ ἐφ᾽ οἷς οὖν εἶμι;

ΚΡΕΩΝ
λέξεις, καὶ τότ᾽ εἴσομαι κλύων.

ΟΙΔΙΠΟΥΣ
γῆς μ᾽ ὅπως πέμψεις ἄποικον.

ΚΡΕΩΝ
τοῦ θεοῦ μ᾽ αἰτεῖς δόσιν.

ΟΙΔΙΠΟΥΣ
ἀλλὰ θεοῖς γ᾽ ἔχθιστος ἥκω.

ΚΡΕΩΝ
τοιγαροῦν τεύξῃ τάχα.

ΟΙΔΙΠΟΥΣ
φὴς τάδ᾽ οὖν;

ΚΡΕΩΝ
1520   ἃ μὴ φρονῶ γὰρ οὐ φιλῶ λέγειν μάτην.

ΟΙΔΙΠΟΥΣ
ἄπαγέ νύν μ᾽ ἐντεῦθεν ἤδη.

ÉDIPO
    Que seja, porém!

CREONTE
        Vale a ocasião.

ÉDIPO
    Sabes como irei?

CREONTE
        Dirás e saberei.

ÉDIPO
    Tira-me da terra!

CREONTE
        Pedes, Deus dê.

ÉDIPO
    Deuses me odeiam.

CREONTE
        Então logo terás.

ÉDIPO
    Assim pensas?

CREONTE
1520   Não digo se não penso.

ÉDIPO
    Leva-me daqui já!

ΚΡΕΩΝ
      στεῖχέ νυν, τέκνων δ' ἀφοῦ.

ΟΙΔΙΠΟΥΣ
  μηδαμῶς ταύτας γ' ἕλῃ μου.

ΚΡΕΩΝ
       πάντα μὴ βούλου κρατεῖν·
  καὶ γὰρ ἀκράτησας οὔ σοι τῷ βίῳ ξυνέσπετο.

ΧΟΡΟΣ
  ὦ πάτρας Θήβης ἔνοικοι, λεύσσετ', Οἰδίπους ὅδε,
1525 ὃς τὰ κλείν' αἰνίγματ' ᾔδει καὶ κράτιστος ἦν ἀνήρ,
  οὗ τίς οὐ ζήλῳ πολιτῶν ταῖς τύχαις ἐπέβλεπεν,
  εἰς ὅσον κλύδωνα δεινῆς συμφορᾶς ἐλήλυθεν.
  ὥστε θνητὸν ὄντ' ἐκείνην τὴν τελευταίαν ἔδει
  ἡμέραν ἐπισκοποῦντα μηδέν' ὀλβίζειν, πρὶν ἂν
1530 τέρμα τοῦ βίου περάσῃ μηδὲν ἀλγεινὸν παθών.

CREONTE
                 Vai-te, deixa as filhas!

ÉDIPO
    Não me as tomes!

CREONTE
                 Não queiras poder tudo!
    O que venceste na vida não seguiu contigo.

CORO
      Ó moradores de pátria Tebas, vede este Édipo,
1525 o sábio do famoso enigma e o mais poderoso.
      Que cidadão não o via com inveja pela sorte?
      Em que onda de terrível situação ele se foi!
      Assim não se deve felicitar nenhum mortal
      à espera do seu último dia antes de transpor
1530 o termo da vida sem padecer nenhuma dor!

Glossário Mitológico de *Édipo Rei* ou *Édipo em Tebas*: Antropônimos, Teônimos e Topônimos

Beatriz de Paoli
Jaa Torrano

A

ABAS. Cidade da Fócida com famoso santuário oracular de Apolo. E.R. 900

AGENOR. Rei de Tiro ou Sídon, teve uma filha, Europa, e três filhos, Cadmo, Fênix e Cílice. Quando Zeus em forma de touro raptou Europa, Agenor enviou seus filhos à sua procura, com ordem de não regressarem sem ela. A busca revelando-se inútil, Cadmo fundou Tebas, Fênix, a Fenícia e Cílice, a Cilícia. E.R. 268.

ANFITRITE. Uma das Nereidas, filhas de Nereu e de Oceânide Dádiva; líder do coro das Nereidas. E.R. 195.

APOLO. Filho de Zeus e Leto, Deus com os atributos da adivinhação, do arco, da música, da peste e da purificação. E.R. 80, 377, 498, 720, 909, 919, 1329.

ARCTURO. A estrela mais brilhante da constelação Boieiro, visível em meados de setembro. E.R. 1138.

ARES. Filho de Zeus e Hera, Deus belicoso, que se manifesta na carnificina. E.R. 190.

ÁRTEMIS. Deusa filha de Leto e de Zeus, irmã de Apolo, associada à vida feminina (infância, casamento e parto); senhora das feras, caçadora sagitária, domina os territórios selvagens. E.R. 161, 207.

ATENA. Deusa da estratégia e do saber prático, epônimo de Atenas. E.R. 159.

B

Baco. O mesmo que Dioniso: Deus do vinho, patrono do teatro, concede poder divinatório, inspira a seus devotos loucura beatífica e, a seus perseguidores, destrutiva; homem celebrante do culto de Baco; possesso do Deus Baco. *E.R.* 211.

Báquio. O mesmo que Baco; homem celebrante do Deus Baco; vinho, visto como manifestação de Baco. *E.R.* 1105.

C

Cadmeu, cadmeia. Descendente de Cadmo; designação dos tebanos. *E.R.* 35, 273.

Cadmo. Fundador e primeiro rei de Tebas. Cadmo, em busca de sua irmã Europa, recebeu um oráculo em Delfos, que nada lhe dizia da irmã, mas que partisse, seguisse uma vaca e fundasse uma cidade onde ela caísse por si mesma, o que aconteceu na Beócia, na região de Tebas. Cadmo matou uma serpente que ali habitava e, aconselhado pela Deusa Atena, semeou os dentes; da terra surgiram homens inteiramente armados que começaram a lutar entre si; dos sobreviventes descendem as mais nobres famílias tebanas. *E.R.* 1, 29, 144, 268.

Cilene. Montanha da Arcádia onde o Deus Hermes nasceu. *E.R.* 1104.

Cisões (*Kêres*). Deusas filhas da Noite, identificadas com as Erínies, assemelhadas a cadelas. *E.R.* 472.

Citéron. Cadeia montanhosa da Grécia Central, situada entre a região da Ática e da Beócia. *E.R.* 421, 1026, 1088, 1127, 1134, 1391, 1452.

Coríntio. Nativo de Corinto, relativo a Corinto. *E.R.* 1119.

Corinto. Cidade e região da Acaia, nordeste do Peloponeso. *E.R.* 774, 794, 936, 955, 997, 1394.

Creonte. Rei de Corinto (o nome significa "rei"). *E.R.* 70, 79, 288, 378, 379, 385, 400, 411, 426, 637, 701, 1417, 1459, 1473.

D

Dáulia. Cidade e território da Fócida. *E.R.* 734.

Delfos. Cidade situada no sopé do monte Parnaso, na Fócida, sede do mais ilustre oráculo de Apolo, considerada "o umbigo da Terra", isto é, o ponto equidistante dos extremos confins. *E.R.* 464, 734.

DÉLIO. Epíteto de Apolo, relativo a Delos, ilha das Cíclades, com santuários de Apolo e Ártemis, nela nascidos. *E.R.* 154.

DÓRIDA. Região da Grécia, entre Mélida e Fócida. *E.R.* 775.

E

ÉDIPO. Filho do rei de Tebas, Laio, e de Jocasta. Laio recebera um oráculo de Apolo proibindo-o de ter filhos, mas Laio desobedeceu. Para evitar o mal, Laio expôs a criança, que foi salva por um pastor e entregue a Pólibo, rei de Corinto, e sua esposa, que não conseguiam ter filhos. Já adulto e desconfiado de sua ascendência, Édipo vai até o oráculo de Apolo em Delfos e recebe do Deus o prenúncio de que irá matar seu pai e desposar sua mãe; sendo assim, decide não retornar a Corinto. Numa encruzilhada próxima a Delfos, encontra um estrangeiro acompanhado de alguns servos e, numa discussão, acaba por matá-lo, sem saber que se tratava de Laio, seu verdadeiro pai. Ao chegar a Tebas, Édipo desvenda o enigma da Esfinge e, como prêmio, recebe o trono de Tebas e a rainha viúva, Jocasta, sua verdadeira mãe. Com ela, tem quatro filhos: Etéocles, Polinices, Antígona e Ismena. Ao descobrir a verdade sobre sua origem, Édipo fura seus próprios olhos. *E.R.* 8, 14, 40, 397, 405, 495, 514, 639, 646, 739, 914, 925, 943, 957, 1092, 1195, 1207, 1257, 1367, 1422, 1524.

ESFINGE. Monstro com cabeça de mulher, peito, patas e cauda de leão, e asas de ave de rapina, cantava enigma aos transeuntes em Tebas e devorava quem não o decifrasse. *E.R.* 129.

ESPERANÇA (*Elpís*). Constitui um traço ambíguo e permanente da condição humana, segundo o mito de Prometeu e Pandora em Hesíodo, *Os Trabalhos e os Dias*, v. 96. *E.R.* 158.

ÉVIO. Consagrado a Baco, báquico. *E.R.* 211.

F

FASE. Rio da Cólquida. *E.R.* 1227.

FEBO (*Phoîbos*, "luminoso"). Epíteto de Apolo. *E.R.* 71, 96, 132, 149, 163, 278, 284, 305, 712, 788, 1011, 1096.

FÓCIDA. Região da Grécia continental, ao sul de Delfos. *E.R.* 733.

H

Hades. Deus dos ínferos e dos mortos, irmão de Zeus. *E.R.* 30, 971.

I

Ismeno. Deus-rio da Beócia, a leste de Tebas. *E.R.* 21.
Istmo. De Corinto; liga a península do Peloponeso ao restante do continente grego. *E.R.* 940.
Istro. Antigo nome do rio Danúbio. *E.R.* 1227.

J

Jocasta. Filha de Meneceu, irmã de Creonte, esposa de Laio (em primeiras núpcias), mãe e (em segundas núpcias) esposa de Édipo, com quem teve as filhas Antígona e Ismena e os filhos Etéocles e Polinices. *E.R.* 632, 950, 1053, 1235.
Justiça (*Díke*). Deusa filha de Zeus e Têmis, uma das três Horas ("Estações do ano"). *E.R.* 274, 885.

L

Labdácidas. Descendentes de Lábdaco. *E.R.* 488, 496, 1226.
Lábdaco. Filho de Polidoro, neto de Cadmo, pai de Laio e avô de Édipo. *E.R.* 225, 267.
Laio. Filho de Lábdaco, neto de Polidoro, bisneto de Cadmo, marido de Jocasta e pai de Édipo. *E.R.* 103, 113, 126, 225, 308, 451, 558, 573, 703, 711, 721, 729, 741, 753, 759, 814, 853, 902, 1042, 1117, 1122, 1139, 1167, 1216, 1245, 1383.
Latência (*Léthe*). Deusa filha da Noite, oculta aos mortais o que lhes passa despercebido e do que se esquecem; oblívio, esquecimento. *E.R.* 871.
Lício (*Lýkeios*). Epíteto de Apolo, significa "lupino" (*lýkos*, "lobo"), ou Deus da Lícia (*Lykía*, região da Ásia Menor), ou ainda "luminoso" (cf. lat. *luceo*, *lux*, *luna*, etc.). *E.R.* 203, 208, 919.
Louca(s) (*Mainás, Mainádes*). O mesmo que Bacas, possessas de Dioniso. *E.R.* 212.
Lóxias. Epíteto de Apolo (significa "luminoso" ou, na tradição popular, "oblíquo"). *E.R.* 410, 853, 994, 1102.

M

MENECEU. Pai de Creonte e de Jocasta. *E.R.* 69, 85, 1503.
MÉROPE. Suposta mãe de Édipo. *E.R.* 775, 990.

N

NINFAS. Filhas da Terra, ou de Zeus, que habitam águas, montanhas, prados e mares. *E.R.* 1108.
NOITE (*Nýx*). Deusa filha de Caos, mãe de Sono, Morte e outras potestades destrutivas. *E.R.* 374.

O

OLÍMPIA. Território da Élida, no Peloponeso, onde se celebravam os jogos olímpicos em honra a Zeus e Apolo tinha oráculo. *E.R.* 901.
OLIMPO. Montanha entre Tessália e Macedônia, morada dos Deuses. *E.R.* 868, 1088.

P

PÃ. Deus silvestre, associado a diversos distúrbios mentais súbitos. *E.R.* 1101.
PALAS. Epíteto de Atena. *E.R.* 21.
PARNASO. Montanha próxima a Delfos. *E.R.* 474.
PARTE(s) (*Moîra, Moîrai*). Três Deusas, filhas de Zeus e Têmis, dão aos homens a participação em bens e em males; Hesíodo as denominou: "Fiandeira" (*Klothó*), "Distributriz" (*Lákhesis*) e "Inflexível" (Átropos). *E.R.* 376, 713, 863, 887, 1302, 1458.
PEÃ (*Paión*). Epíteto de Apolo que evoca sua função de curador; canto de súplica, para pedir saúde e salvação. *E.R.* 154, 186.
PITO (*Pythó*). Antigo nome de Delfos e da região no sopé do Parnaso com o santuário oracular. *E.R.* 153, 603, 788, 965.
PÓLIBO. Rei de Corinto, pai putativo de Édipo. *E.R.* 490, 774, 827, 941, 956, 971, 990, 1016, 1017, 1394.
POLIDORO. Filho de Cadmo e Harmonia, pai de Lábdaco, avô de Laio e bisavô de Édipo. *E.R.* 267.

S

Sol (*Hélios*). Deus filho do Titã Hipérion e da Titânide Teia. *E.R.* 1426.
Sorte (*Týkhe*, "golpe"). Nume interveniente no curso da vida humana. *E.R.* 1080, 1478.

T

Tebas. Cidade principal da Beócia. *E.R.* 153, 1203, 1380, 1524.
Tirésias. Célebre adivinho tebano. *E.R.* 285, 300.
Trácia. Região ao norte da Tessália. *E.R.* 197.

Z

Zeus. Deus supremo, filho de Crono e Reia, manifesto no poder que organiza o mundo físico e a sociedade humana. *E.R.* 18, 151, 158, 187, 202, 469, 498, 738, 904, 1198.

Referências Bibliográficas

Bailly, A. *Dictionnaire Grec Français*. Paris, Hachette, 2000.

Bernand, André. *La Carte du Tragique. La Géographie dans la Tragédie Grecque*. Paris, CNRS, 1985.

Chantraine, Pierre. *Dictionnaire Étymologique de la Langue Grecque. Histoire des Mots*. Paris, Klincksieck, 1999.

Grimal, Pierre. *Dicionário da Mitologia Grega e Romana*. Trad. Victor Jabouille. 5ª ed. Rio de Janeiro, Bertrand Brasil, 2005.

Hesíodo. *Teogonia. A Origem dos Deuses*. Estudo e Tradução Jaa Torrano. 6ª ed. São Paulo, Iluminuras, 2006.

Sophocles. *Oedipus Rex*. Ed. R. D. Dawe. Cambridge, Cambridge University Press, revised edition 2006.

_____. *Sophoclis Fabulae*. Ed. H. Lloyd-Jones and N. G. Wilson. Oxford, Oxford University Press, 1992 [1990].

Vários autores. *Dicionário Grego-Português*. Cotia, SP, Ateliê Editorial; Araçoiaba da Serra, SP, Editora Mnema, 2022.

Título	Édipo Rei ou Édipo em Tebas – Tragédias Completas
Autor	Sófocles
Tradução	Jaa Torrano
Estudos	Beatriz de Paoli
	Jaa Torrano
Editor	Plinio Martins Filho
Produção Editorial	Millena Machado
Revisão	Beatriz de Paoli
	José de Paula Ramos Jr.
Editoração Eletrônica	Victória Cortez
Capa	Ateliê Editorial
Formato	16 x 23 cm
Tipologia	Minion Pro
Papel	Chambril Avena 80 g/m² (miolo)
	Offset 150 g/m² (capa)
Número de Páginas	200
Impressão e Acabamento	Lis Gráfica